O TRIMESTRE

MÁRCIO ROCHA

O TRIMESTRE

Labrador

© Márcio Mendes Rocha, 2025
Todos os direitos desta edição reservados à Editora Labrador.

Coordenação editorial Pamela J. Oliveira
Assistência editorial Vanessa Nagayoshi, Leticia Oliveira
Direção de arte e capa Amanda Chagas
Projeto gráfico e diagramação Vinicius Torquato
Preparação de texto Bruna Del Valle
Revisão Vinícius E. Russi

Dados Internacionais de Catalogação na Publicação (CIP)
Jéssica de Oliveira Molinari - CRB-8/9852

Rocha, Márcio Mendes
  O trimestre / Márcio Mendes Rocha.
  São Paulo : Labrador, 2025.
  240 p.

  ISBN 978-65-5625-873-7

  1. Ficção brasileira I. Título

25-1361   CDD B869.3

Índice para catálogo sistemático:
1. Ficção brasileira

Labrador

Diretor-geral Daniel Pinsky
Rua Dr. José Elias, 520, sala 1
Alto da Lapa | 05083-030 | São Paulo | SP
contato@editoralabrador.com.br | (11) 3641-7446
editoralabrador.com.br

A reprodução de qualquer parte desta obra é ilegal e configura uma apropriação indevida dos direitos intelectuais e patrimoniais do autor. A editora não é responsável pelo conteúdo deste livro. Esta é uma obra de ficção. Qualquer semelhança com nomes, pessoas, fatos ou situações da vida real será mera coincidência.

AGRADECIMENTOS

À Universidade Estadual de Maringá, por ter contribuído para meu crescimento intelectual, fomentando muitas das minhas capacitações, o que, indiretamente, mas não menos importante, propiciou a produção deste livro.

Aos professores: Angela M. Endrich, Fábio Rodrigues e Sergio Fajardo, que leram a obra com atenção e esmero, contribuindo de forma fundamental para a versão final da novela.

À minha companheira, Carmen Tsugie Kawano, que com muito amor, afeto e compromisso recíproco sempre esteve ao meu lado nesta jornada.

"Palavras criam frases; frases criam parágrafos; às vezes, parágrafos dão sinal de vida e começam a respirar."

Do livro *Sobre a escrita: A arte em memórias*, de Stephen King.

SUMÁRIO

PRÓLOGO   13

MÊS I

1) BRUNO: *O início* — 11/09   16
2) VIRGÍNIA: *Vir a ser* — 11/09   17
3) VIRGÍNIA: *O salto* — 13/09   18
4) BRUNO: *A essência humana* — 14/09   20
5) VIRGÍNIA: *Minha rotina* — 16/09   53
6) VIRGÍNIA: *Sob a ótica da jaca* — 18/09   55
7) BRUNO: *Um amor que se desfez* — 21/09   59
8) BRUNO: *O caminho do destino* — 29/09   61
9) VIRGÍNIA: *As sandálias e o menino* — 29/09   70

MÊS II

10) BRUNO: *Aventura de adolescência* — 09/10   76
11) VIRGÍNIA: *Paixão instantânea* — 16/10   80
12) BRUNO: *Um ponto na minha história* — 22/10   84
13) VIRGÍNIA: *A esterilidade velada* — 24/10   88
14) VIRGÍNIA: *O olhar sincero* — 27/10   92
15) BRUNO: *O afeto original* — 26/10   96
16) VIRGÍNIA: *Recortes do cotidiano* — 29/10   101
17) BRUNO: *A caixa d'água* — 30/10   106

MÊS III

18) BRUNO — *Energia/Chama/Energia* — 06/11   134

19) BRUNO: *Noites calmas* — 09/11   139

20) VIRGÍNIA: *Giuseppe Verdi e a saudade* — 18/11   144

21) VIRGÍNIA: *O Dia da Bandeira* — 22/11   148

22) BRUNO: *O camarão em Perequê* — 23/11   153

23) VIRGÍNIA: *Diário de Lourenço* — 27/11   157

24) VIRGÍNIA: *A Unidade de Alimentação de Símios (UAS)* — 30/11   162

25) BRUNO: *A colcha de retalhos* — 08/12   178

26) VIRGÍNIA: *A executiva proletária* — 10/12   188

27) BRUNO: *A rosa de Antuérpia* — 11/12   201

EPÍLOGO   231

PRÓLOGO

Uma pequena editora de Frankfurt, Alemanha, estruturada como uma cooperativa de escritores de vanguarda, propôs um modelo de publicação em que os autores são selecionados pela internet, a partir de seus blogs literários, suas participações como escritores nas redes sociais, bem como suas publicações já existentes. O financiamento deste projeto veio de um edital do ministério da cultura alemão, que tinha como objetivo encontrar pelo mundo novos talentos na literatura. Nesse projeto, a editora financiada deveria selecionar um "casal" de escritores em todos os continentes da Terra. A proposta era padronizada para todos os autores "casais" selecionados. O título do grande projeto era "O Trimestre: estado da arte da literatura no mundo". Os escritores selecionados deveriam produzir livremente por noventa dias, indicando seus nomes, a data e o título do capítulo, para cada dia de escrita no período. Toda esta produção faria parte de um grande livro, traduzido para a língua de origem dos autores e para o inglês. No continente sul-americano, foi selecionado um "casal" de escritores brasileiros que apresentaram uma produção consistente e uma narrativa de qualidade. O editor fez uma pré-seleção de candidatos de cinco países: Peru, Uruguai, Paraguai, Brasil e Venezuela. Com certa dificuldade, selecionou o "casal" brasileiro, cujos pseudônimos são Bruno e Virgínia.

MÊS I

BRUNO

O INÍCIO - 11/09

Cheguei aqui por convite. Gostei da proposta e não tenho nada a perder, só que pediram um pouco de empenho na qualidade do que escrevo. Quase me ofendi, não fosse a sinceridade e leveza da forma do convite. Sempre me preocupo com a qualidade do que escrevo. Depois compreendi melhor a intenção de trazer um pouco mais de rigor, pois poderá ser publicado até internacionalmente, disseram eles. A proposta é muito boa por ser livre. Escrevo quando e como quiser por noventa dias. O editor disse que convidará também uma escritora. Não a conheço, e tudo indica que não vou conhecê-la. Mas o curioso é que foi dito de sua existência. Com que intenção? Algum vínculo já se criou, senão nem teriam me falado dela. "O Trimestre", este é o título da obra que vamos escrever. Quando quiser escrever algo para esta publicação, indico meu nome, o título e a data, e escrevo. A orientação da data é que se coloque apenas dia e mês, talvez para dar um caráter mais universal para a obra. Estou livre para escrever historietas do meu dia a dia e criar narrativas. Para mim, a presença de uma escritora na mesma obra em que escrevo é uma novidade. Fiquei curioso para saber quem é. Se o editor comentou no e-mail, de certa forma posso entender que ele está abrindo a possibilidade de buscar comunicação com ela. Somos corresponsáveis pela produção da obra. Mas entendo o editor, se ele quiser preservar a produção pessoal de cada um, um contato entre nós poderia "minar este terreno".

VIRGÍNIA

VIR A SER - 11/09

Recebi um convite para escrever um livro. A proposta adiantava mil dólares. Achei que não teria problema, não tinha contrato prévio, se eu quisesse desistir poderia parar a qualquer tempo. Noventa dias escrevendo o que eu quisesse. Se eu desistisse, certamente "queimaria meu filme". No fundo, eu quero ser escritora. De certa forma, já sou, produzo meus textos no blog e também posto material no Portal de Escritores. Noventa dias escrevendo livremente, mas com empenho, ponderou o editor. Perguntei que tipo de empenho, ele disse que era para eu me preocupar com a boa língua, só isso. Sem erros de português, entendi. Aceitei.

VIRGÍNIA

O SALTO - 13/09

Como tenho costume de escrever no meu diário, acredito que não terei dificuldades. Mas é uma coisa diferente saber que o que eu estou escrevendo poderá ser publicado. Ah! Outra coisa importante é que, se for publicado, os autores terão pseudônimos, isso, segundo ele, é para que tenhamos maior liberdade para escrever. Ainda estou aqui, sem muita coragem, mas já começando. É como mergulhar de uma pedra alta no mar sem saber a profundidade. Tenho que mergulhar com a certeza de que sairei nadando. O difícil é o primeiro salto, depois toma coragem e sobe toda hora para pular. Isso trouxe alguma coisa, ainda não tenho nenhuma história longa, bem elaborada, mas vamos lá, tenho que começar com algo.

Fiquei sozinha no meio do verão na "ilha das ilhas", litoral norte de São Paulo, enquanto os amigos esquiavam em outras cidades. Preferi tomar um sol e conhecer melhor a ilha. Fui para a ponta norte, andando no fio d'água, e vez por outra recebia nos pés as ondas maiores que chegavam. Quando atingi o canto da praia, sentei-me e fiquei observando o movimento das ondas entre a praia e o rochedo. Percebi que, quando algumas ondas maiores chegavam, se formava, por alguns segundos, uma piscina com uma profundidade de aproximadamente sessenta centímetros, mas logo esvaziava. Ao lado da piscina recém-formada, tinha uma grande rocha de quatro metros de altura aproximadamente.

Pensei, então, que poderia pular da pedra e cair chapada de barriga, quando a piscina estivesse bem cheia, e não bateria com o corpo na areia. Eu teria que sincronizar meu pulo direitinho, tinha alguns segundos para tomar a decisão certa. Fiquei curiosa e excitada com a possibilidade. Fui até o lugar onde a piscina se formava e fiquei observando o movimento cíclico de encher e esvaziar a água. Realmente, quando enchia, a água chegava aos meus joelhos. Sendo meu corpo leve (devia estar pesando por volta dos cinquenta e quatro quilos), não afundaria muito, eu pensei. Resolvi subir na pedra para observar de cima e encontrar o melhor ponto para pular. Depois de bem observar, tomei coragem e posicionei-me no local que achei mais seguro para pular. Simulei o pulo em quatro ondas, até que a quinta veio maior, então saltei de forma a ficar o mais horizontal possível. Caí chapada na água e meu corpo afundou até tocar na areia, não muito forte. Não me machuquei. Fiquei muito feliz por ter vencido aquele desafio. Sentei-me na praia esperando a lancha chegar e não tirei da cabeça a proeza que fiz, pensando na capacidade de avaliar corretamente todas as possibilidades. Hoje eu vejo que naquele momento estava querendo entender como enfrentar desafios. Quando eu contei a minha proeza para as pessoas, o que mais ouvi foram reprimendas, que eu arrisquei me machucar à toa, para quê fazer isso? Alguns disseram coisas assim. Aí fui vendo que as pessoas tendem mais para a reprovação do que para o incentivo aos desafios.

FIM

Veja! Sem querer contei uma história, parece que já comecei. É muito boa essa liberdade de escrever o que quiser, do tamanho que quiser.

BRUNO

A ESSÊNCIA HUMANA - 14/09

Estou sentado olhando o caderno que comprei para escrever minha parte de um livro que já tem título, mas não tem texto. "O Trimestre" me pareceu um bom nome. Me fez pensar em um desdobramento de sentido, como três mestres. Eu, a autora, e o idealizador e financiador da obra, o editor. Ele depositou mil dólares em minha conta dizendo "como um ato de fé em vosso trabalho". Recebi um dinheiro sem reivindicar, foi estranho, mas entendi o objetivo. Esta atitude me levou ao trabalho. Tive sentimentos ambíguos. Em um momento, gosto da confiança que este editor depositou em mim e na outra escritora, certamente. Outras vezes, sinto que foi uma forma de constrangimento para nos forçar a escrever. Mas não assinamos nada! Não tenho nenhum compromisso com este depósito. O compromisso que se instaura é claramente moral. Espero sair deste assunto e escrever outras coisas. A ideia do pseudônimo é boa, pois fico à vontade para escrever pensamentos mais íntimos. Poderei falar de mim, mas criarei histórias também, e mesmo relatos verídicos que achar convenientes. Sinto uma sensação boa de que já comecei o livro.

Quando saí do trabalho, passei em frente a uma padaria e lá estava exposto, como uma roupa de butique, um sonho de creme com um açúcar de confeiteiro artisticamente derramado em cima do quitute. Quando o avistei da rua, diminuí a marcha até a tentação me parar. Contemplei o sonho por não mais que dez segundos, quando tomei a decisão da compra. Fiquei no ponto de ônibus comendo de uma forma um pouco selvagem, com medo de perder a caça, não para um predador, mas para o ônibus que, se chegasse, eu teria que dispensar o delicioso doce para entrar nele, que estaria certamente lotado. Consegui comê-lo inteiro antes de o transporte aparecer. Nos dias de hoje, a sedução está por todos os lados, tudo se erotiza, e não estou falando de sexo, não, me refiro mais à libido, ou seja, aquele desejo sexual canalizado para outra coisa, tipo: "este sonho que comi estava um tesão", é isso! No Reino Unido, 28% dos homens com menos de trinta anos não fizeram sexo por pelo menos um ano, mostrou uma pesquisa recente. O estresse é inimigo do sexo. Tenho um colega no serviço que está em crise no casamento. Me disse que já não sente tesão pela mulher, chega cansado e, depois do banho e do jantar, quer mais é dormir. Eu mesmo nem me lembro da última vez que transei, faz mais de mês. Acho que essa história de ficar muito no computador é meio brochante. Meus pensamentos ficaram circulando em torno do afeto, da sexualidade, da perpetuação da espécie.

Enquanto aguardava, chegou Julian no ponto de ônibus, um colega de trabalho. Ele, em suas horas vagas, se dedicava à astronomia. Sempre gostei dele. É tímido, não se relaciona muito com as pessoas, mas, quando engata em uma conversa, perde a inibição, mostrando seu entusiasmo pelas coisas em que acredita. É uma pessoa misteriosa, o que me atrai. Aquele fim de tarde estava agradável, com uma temperatura amena, então propus algo melhor do que apenas ir para casa. Convidei-o para um *happy hour*. Para minha surpresa, ele aceitou. Fomos em um barzinho próximo ao trabalho, a especialidade da casa era frango a passarinho.

— Você já veio aqui?

Perguntei logo que nos acomodamos em uma mesa, na parte externa do bar.

— Não, nunca vim. Parece bom.

— Eles fazem um frango a passarinho que é a especialidade da casa. Vamos pedir?

Julian assentiu, pedimos dois chopps. Então perguntei:

— Você continua com suas investigações astronômicas? Eu acho muito estimulante refletir e pesquisar sobre o universo.

Então ele começou a falar sobre seus estudos acerca do tempo/espaço, sobre as fendas no tempo e o buraco de minhoca, sobre longínquas galáxias com seus planetas e exoplanetas, sobre a formação das supernovas... Nossa conversa se pautou todo o tempo neste assunto. Depois de duas horas de boa prosa, resolvemos pedir a conta e ir para casa. No caminho vim pensando nos assuntos que conversamos. Quando cheguei em casa, tive a grata surpresa de ter chegado uma encomenda vinda da China. Um carregador de tinta para canetas-tinteiro. Quis testar, procurei uma caneta com pouca tinta e completei, usando a instrumela. Daí comecei a escrever. E num fluxo natural e contínuo veio uma história de ficção científica, inspirada na conversa que tive com Julian, que foi crescendo, até aparecer um formato. Não parei de escrever enquanto não senti esta forma mais consolidada, definindo um formato, com propostas de desencadeamentos.

Depois fui completando e refletindo, estudando e completando, até chegar à história que segue.

A ESSÊNCIA HUMANA

PARTE I
A história das comunicações humanas a partir dos portais do tempo: o retorno ao passado

Esta é a história do estabelecimento do contato com uma comunidade humana do futuro, de cinco mil anos a frente, no planeta Mintaka, na constelação de Órion, que fez contato com o passado por conta do controle do tempo, estabelecendo portais de comunicação. Antes de encontrar a fenda no tempo para a Terra, a civilização de Mintaka já havia estabelecido uma quase centena de fendas no tempo, se comunicando com doze comunidades humanas, em planetas, exoplanetas e um asteroide. Era a civilização mais distante da Terra e a mais evoluída que existia. Nestes cinco mil anos desde que partiram do nosso planeta, poucas mudanças ocorreram. Com a adaptação do corpo em gravidade zero, os Mintakas não tiveram profundas transformações. Em linhas gerais, seus corpos ficaram um pouco mais alongados e os pelos do corpo sumiram. Somente os cabelos se mantiveram.

Esta sociedade de cinco milênios já havia desenvolvido o portal para o passado da humanidade. Conseguia enviar humanos, animais e maquinários para diversas sociedades humanas ao longo do tempo a partir do ano de 5651, em anos terrestres. Os "anos terrestres" sempre foram utilizados como parâmetro de mudança do tempo, o que foi mantido por todas as civilizações do futuro.

Com a percepção da perda das características estruturantes dos humanos, de animais, plantas e minerais em Mintaka, o poder central resolveu investir nos projetos que desvendassem o controle do tempo para estabelecer formas de comunicação com o passado dos homens na Terra, visando restabelecer as estruturas genéticas humanas originais e de toda a biota do planeta. Almejam levar animais, plantas e rochas para Mintaka, mas não os homens do passado. Pretendem restabelecer a genética humana original a partir da fecundação humana de uma mulher de Mintaka com um homem do passado previamente escolhido. A história desta conquista é digna de ser contada.

A civilização Mintaka, em 5133, anos terrestres, consegue localizar as fendas no tempo. Em dez anos de investigação, já estavam adentrando as fendas com sensores, encontrando *clusters* de frequência que aos poucos foram sendo traduzidos.

Com isso, os Mintaka tiveram acesso a informações de sociedades humanas do passado. O aperfeiçoamento das sondas do tempo levou a buscas por informações de um passado cada vez mais longínquo, mas apenas com os sensores de sinais.

Em 5143, sensores foram inseridos na fenda pelo portal do tempo, e as sondas obtiveram informações de sociedades humanas do passado. Os Maíkas foram as primeiras frequências capturadas, em 5266. O contato físico, ou seja, a viagem física no tempo, só ocorreu 45 anos depois, em 5588.

Já com o controle dos bancos de dados dos Maíkas e o tradutor simultâneo atualizado, entraram em contato com este povo e trocaram experiências, conforme as viagens foram ocorrendo. Os Mintakas ganharam a confiança dos Maíkas, tendo acesso livre para as viagens no tempo entre as civilizações Mintaka e a comunidade Maíka. Montaram uma grande unidade com livre acesso aos Maíkas. No período em que a nave Mintaka orbitava o asteroide Cornelius, aguardando o término de uma missão, ela ofertava cursos para a aprendizagem dos Maíkas, e com o tempo os cursos começaram a ser ministrados na língua dos autóctones. Os cursos com temas de cultura, artes, ciência e tecnologia eram os mais procurados. Os Maíkas aguardavam com entusiasmo a chegada dos Mintakas e seus cursos de formação. O aperfeiçoamento do portal do tempo deveu-se, entre outras coisas, à possibilidade de estabelecer um espaço/tempo, em um lugar no passado, conseguindo se comunicar fisicamente com humanos deste período. Ocorreu uma troca mútua. Para os Maíkas, o benefício foi imenso. Aprenderam muito com a avançada civilização de Mintaka. Mas a origem do controle das viagens no tempo começou muito antes.

Em um final de tarde, os dois sóis de Mintaka se deitavam no horizonte. A sala de observação estava tranquila. Apenas um estagiário sonolento se distraía assistindo a um holograma sobre um evento de dança oriental, reminiscência da cultura asiática na Terra. O estagiário estremece na cadeira se assustando com o alarme do sistema automático de observação da Unidade de Gestão e Observação das Fendas no Tempo, denominado Programa Albert. Ele detecta uma frequência atípica e aciona automaticamente o alarme. Logo a equipe de técnicos e cientistas se mobiliza para compreender aquele complexo sinal emitido em um passado longínquo. Em uma primeira aproximação, foi estimado que as frequências provinham do século XIV. Os estudos se intensificaram à medida que foram percebendo a complexidade existente naquelas frequências. Somente depois de intenso trabalho para desvendar aquele sinal, foi que, no terceiro ano, concluíram que era uma informação criptografada. Demoraram mais sete meses para desvendar a criptografia e chegar a um banco de dados. Levaram mais alguns meses para estabelecer o pareamento. Quando conseguiram, acessaram os dados e ficaram estarrecidos.

Encontraram, em uma grande pasta, denominada Teoria das Fendas no Tempo, uma vasta literatura sobre as fendas temporais, nas artes e na ciência. Também acharam uma grande pasta com centenas de subpastas explicando como se construía um portal do tempo, com vídeos demonstrativos e explicativos, detalhando a construção e os materiais utilizados, mostrando em qual lugar no universo se encontravam as jazidas dos minerais necessários para a construção dos artefatos.

Os Mintakas, depois de uma década de estudo das informações oferecidas pelos Juártidas, os pioneiros na viagem no tempo, iniciaram a construção do portal do tempo. Em seis anos de trabalho intenso, financiado pela federação Mintaka, o protótipo ficou pronto. Em 5266 fizeram contato com o passado de uma comunidade de 1.524 pessoas, há 401 anos estabelecida em um asteroide denominado Cornelius, os Maíkas, de quem os Mintakas já haviam obtido informações pelas sondas do tempo. A fenda possibilitou um retorno de 2112 anos. Os Maíkas, em 3644, foram visitados por uma civilização do futuro, os Mintakas. Depois de o protótipo estabelecer o primeiro contato físico com os Maíkas, os contatos da civilização Mintaka com outros grupos humanos foram se intensificando, ampliando o conhecimento da humanidade do passado, como veremos.

Após estabelecerem vários contatos com comunidades humanas do passado, selecionaram um período em meados do século XX, por ser o momento em que a civilização poderia entender minimamente a possibilidade da viagem no tempo. Sendo o momento mais antigo possível, o que era importante para buscar as estruturas genéticas mais originais da humanidade para resolver a crise que vivia a civilização Mintaka e, ao mesmo tempo, poder viabilizar o projeto com um indivíduo que minimamente entendia o que estava acontecendo. Este indivíduo foi Antony.

No primeiro contato, o portal direcionou uma comitiva para a Terra nos anos de 1960 para a Ordem da Aurora Brilhante. A chegada de uma comitiva de Mintaka tem como objetivo acionar o artefato dos Juártidas e estabelecer o portal do tempo. Quando os Mintakas chegam à Terra, em 1960, já conheciam o funcionamento do artefato e a forma de ativá-lo. Já tinham conseguido montar um artefato e adentrado em algumas fendas do tempo. Quando se depararam com o artefato original dos Juártidas, tiveram uma certa dificuldade de entender os comandos, pois era muito mais sofisticado do que o que eles haviam construído. A Ordem já existia há seis séculos e estava forte e poderosa, ainda alinhada com o mosteiro Sáquia Muni.

O edifício em frente ao prédio da Ordem da Aurora Brilhante era deles. Servia como almoxarifado e abrigava arquivos da congregação. Com a chegada da comitiva, eles remodelaram a fachada, como um prédio de advocacia, buscando com isso atrair Antony. Foi neste prédio que instalaram uma sala para a ativação do portal. Existia uma sala intermediária, que preparava o viajante para o transporte, estabelecendo contato com suas ondas cerebrais, orientando-o para a ação desejada. A operação era feita em duas etapas. A primeira para uma nave que orbitava o exoplaneta Canódiun Tupã, a segunda para a região noroeste do exoplaneta.

Os Mintakas, uma sociedade de cerca de sete mil anos, já era extraterrestre há cinco mil anos, e havia desenvolvido o portal com o passado da humanidade em uma história de conquistas. Sua determinação para resolver uma grande crise levou a uma importante descoberta, que começou há muito tempo, em outra civilização mais antiga, a civilização Juártida.

A história das fendas do tempo tem um marco no ano de 15654, anos terrestres. Neste momento os Juártidas já tinham dominado a viagem no tempo para o passado.

O exoplaneta Dionísius está a 4 mil anos luz da Terra, morada da civilização Juártida. Sua história foi de peregrinação por vários mundos. Percorreram planetas, exoplanetas, asteroides, mas nunca se instalaram. Buscavam nestes lugares matéria-prima para a subsistência. Viviam em uma grande arca autossustentável e de população controlada. No caso dos Juártidas, as transformações físicas foram mais significativas. Descendentes dos africanos e escandinavos, foram constituindo uma nova forma humana, nos 15 mil anos de sua existência. Cresceram em tamanho e em força. O peso médio dos homens era de 97 quilos; das mulheres, 73 quilos. Os mais fortes chegavam a 150 quilos de músculo e força. Curiosamente, as mulheres mais fortes também chegavam à casa dos 150 quilos, como os homens. Somente em 15603 encontraram um exoplaneta habitável e lá se instalaram.

A população inicial que embarcou na Arca 62 – Juti, foi de 1.643 pessoas, sendo que 64 eram tripulantes. Em 15654, quando chegaram a Dionísius, a arca tinha uma população total de 23.611 habitantes. Esta era a população máxima estimada para a arca, estando em controle populacional há mais de 5 mil anos. Os nascimentos se davam de duas maneiras: a partir de embriões selecionados e concebidos naturalmente entre casados ou as mães recebiam os embriões e estabeleciam vínculo matrimonial com um homem, escolhido entre muitos candidatos. À futura esposa eram apresentados cinco homens, para que ela escolhesse qual seria o seu companheiro. Existia muita procura por parte dos homens, pois, quando um homem se voluntariava para ser pai e era selecionado, ele se tornava um *tripulante da arca da federação*, o que lhe dava condições favoráveis de trabalho, qualificação e remuneração.

Depois que chegaram, foram dois anos de migração contínua entre a população da nave e o exoplaneta Dionísius. A arca se tornara uma estação espacial, e a população quintuplicou em Dionísius. Antes da tragédia, os Juártidas atingiram um total populacional de 80.654.521 habitantes.

Esta foi a civilização que primeiro se deslocou no tempo para o passado, desenvolvendo a tecnologia dos portais. Os pioneiros na passagem do tempo conseguiram chegar à Terra em meados do século XIV, mais precisamente em 1355. Na Terra, chegaram à Índia e se misturaram rapidamente com a população autóctone, sempre ocultando sua verdadeira origem. Então, para montar uma base para a comunicação intratemporal com Juártida, resolveram construir a Ordem da Aurora Brilhante. Engajaram no mosteiro Sáquia Muni, se tornando uma ordem de menor expressão. Os juartidanianos não tinham interesse de se destacarem. Viviam em harmonia com a comunidade, contribuindo para o desenvolvimento das pessoas. Ensinaram para seus discípulos o domínio da língua falada e escrita, o trabalho cooperativo, a solidariedade, a partilha, a luta pela sobrevivência e a preservação ecológica.

Os juartidanianos se denominavam Juti.

Os Juti, depois que consolidaram o portal na Terra, deixaram na Ordem da Aurora Brilhante um artefato alimentado por energia solar que transmitia para o éter um sinal que, por sua vez, quando descriptografado abria um banco de dados. Este artefato emitia uma frequência no espaço, que, quando emparelhada, abria este banco de dados para qualquer civilização humana que atingisse o nível científico/tecnológico para efetivar o contato e carregar as informações. Continha acesso a todas as informações (teóricas e práticas) para a construção do portal visando à viagem no tempo. Era um artefato do tamanho de um cubo mágico, portátil e que projetava uma luz intensa, seguida por uma nuvem branca. No momento da projeção desta luz intensa, uma nuvem se forma, e nela, quando o indivíduo adentra, ele se desloca no tempo. Depois de entrar na nuvem, partículas coloridas em forma de ondas aparecem, se integram ao corpo do indivíduo e o transportam. Por este motivo a ordem se chama Ordem da Aurora Brilhante. Aurora no sentido do nascer de uma nova realidade, de um novo fluxo de comunicação, e brilhante por conta das partículas coloridas.

Neste artefato os Juti deixaram documentos que tratavam da teoria das fendas no tempo e da engenharia para a construção de um portal de comunicação com a humanidade no passado e no futuro. Então veio a tragédia.

Em Dionísius, um ano após o envio de humanos por uma fenda do tempo para a Índia de 1355, os Juti detectaram um forte aumento da gravidade de um planeta próximo ao exoplaneta. Estabeleceram alerta amarelo, com monitoramento constante daquele astro. Ele vinha esfriando seu núcleo rapidamente. Mais rápido que os Juártidas previram. Então o planeta explodiu, formando uma linda nebulosa. No entanto, a formação desta supernova apresentou uma enorme carga de raios gama, que chegaram de forma letal para os humanos que habitavam o exoplaneta Dionísius. Quando os Juti perceberam o evento, era tarde demais. A carga de raios gama derrubou as barreiras de proteção, destruiu a estação orbital, e o raio mortal dizimou a população inteira. Restaram apenas os espalhados pelo universo, remanescentes, que no momento da catástrofe não se encontravam no planeta.

Dos Juártidas restaram informações dispersas sobre sua civilização, incluindo a chave para o portal do tempo, dentro de um artefato protegido em uma ordem de um mosteiro na Índia em 1355, anos terrestres, ordem que ainda hoje existe.

Depois da extinção de Juártida, os remanescentes juartidanianos da Ordem da Aurora Brilhante morreram com os segredos da fenda. Eles não podiam revelar as informações para os indianos do século XIV. Tudo ficaria guardado no artefato até que uma civilização evoluída o suficiente para parear os dados do artefato tivesse acesso à construção do portal e do artefato, que foram os Mintakas.

PARTE II
A extinção da civilização de Mintaka:
a raça humana em perigo

Meu nome é Antony, tenho 27 anos. Meu pai tinha um sítio próximo à cidade, de onde tirávamos o sustento da família. Mudamos aos 16 anos, quando meu pai resolveu morar em uma cidade maior, onde fiz meus estudos e me tornei contador. Já faz quatro anos que trabalho em um escritório de advocacia.

Sempre acreditei que seria capaz de traçar meu destino e ser dono do meu futuro. Mas essa crença caiu por terra em uma quarta-feira de verão.

O dia estava cheio de tarefas, dediquei a manhã para as atividades internas, datilografar memorandos, consultar livros contábeis etc. À tarde tinha atividades externas para fazer. Na minha mesa, eu usava duas bandejas de madeira sobrepostas e montadas em uma estrutura, também de madeira, de tal forma que se podia abri-la e expor as duas bandejas. Era na bandeja de cima que eu recebia as tarefas externas do dia. Sempre tinha muitas tarefas. Quando eram urgentes, ficavam na bandeja de baixo. Depois do almoço, verifiquei as tarefas, selecionei três de cima, e na bandeja de baixo tinha um bilhete manuscrito com o texto "Escritório de advocacia Órion" sublinhado, e embaixo o endereço. Por último, a definição da tarefa: "Buscar a revelação". Achei meio vaga a informação, não tinha número do documento, mas peguei.

Saí por volta das 14h20. O sol estava forte. Tinha feito o roteiro: os três lugares da bandeja de cima eram todos no centro da cidade. Peguei um ônibus, desci no centro e fiz a pé as três visitas. O bilhete manuscrito era mais longe. Peguei outro ônibus, uma hora de viagem. No meio do trajeto, peguei o bilhete e reli a informação "buscar a revelação". Fiquei imaginando se não era um jargão jurídico. Desci no ponto mais próximo da rua e andei três quarteirões, então à direita avistei uma viela, resolvi entrar. Era uma rua sem saída. Havia duas propriedades, uma em cada lado da rua. À direita, o escritório de advocacia Órion, à esquerda, o convento da Ordem da Aurora Brilhante. Na entrada, uma enorme porta de madeira maciça com uma inscrição em relevo "Ordem da Aurora Brilhante". Depois de observar o prédio da ordem, uma construção certamente secular e em ótimo estado de conservação, fui em busca da entrada do escritório de advocacia Órion, escrito em letra romana. Entrei no prédio. Logo à minha frente havia uma outra porta com uma placa onde se lia "Revelação". Ao entrar, fui coberto por uma névoa branca, e quando dissipou me vi sentado com os dois braços presos por dois homens. Percebi algemas na mesa à frente. Nesta mesa tinha um homem sentado. Alto, com um rosto afilado, cabelo liso, cor de prata. Sua pele parecia seda. Seus olhos, muito pretos e profundos. À sua frente tinha uma placa escrita "Wardon", o guardião, me parece. Ele olhou para os guardas, fez um gesto de cabeça que os homens entenderam, então soltaram meus braços. Num impulso, me dirigi à mesa, peguei a algema e algemei um dos meus braços. Fiz isso sem refletir, como se estivesse sendo levado a fazê-lo. O guardião apontou para uma porta e me disse:

— Escolha!

Obedeci e fui em direção à porta. Abri e vislumbrei um jardim com alamedas sinuosas, no qual havia muitas mulheres por entre os caminhos. Andei por algum tempo a esmo, observando as mulheres. Eu via mulheres de todas as idades, mas percebi que não havia crianças. De repente, avistei uma mulher sentada à beira de uma fonte, enchendo uma ânfora. Me interessei por ela. Tinha algo de bucólico e me lembrou uma menina que na adolescência eu homenageava quase todos os dias. Fui ao seu encontro.

Quando ela percebeu minha aproximação, olhou para mim e abriu um sorriso meigo. Pegou uma caneca de barro, encheu de água e deu para mim, que de pronto bebi, não sei por quê. O vestido que ela usava era de um pano leve, meio transparente, mostrando, de forma velada, seu belo corpo. Um sedoso cabelo negro e longo percorria seus seios robustos. Um magnetismo tomou conta de mim, controlando minhas ações. Me aproximei, peguei seu braço direito e tranquilamente prendi a outra algema, de forma tranquila e consensuada. Quando ouvi o clique do fecho, tudo desapareceu por um instante. Uma névoa branca cobriu meu corpo, agora nu, assim como o da linda mulher. Aos poucos, a névoa foi se dissipando, mostrando uma paisagem árida de rochas, seixos e areia. Fiquei um pouco constrangido de estar nu, mas ela encarou aquilo com uma naturalidade que me tranquilizou. Olhei para aquela linda mulher e perguntei:

— Você me entende?

— Sim, posso compreender o que diz.

— Onde estamos?

— Em um lugar de passagem. Só posso te dizer isso por enquanto.

Enquanto falávamos, a névoa se dissipou, e ela apontou na direção de uma casa, um celeiro, com uma cerca rodeando as duas construções.

— Vamos!

Ela disse, pegando o caminho em direção à casa.

Olhei para trás e não encontrei qualquer vestígio de nossa chegada a esse estranho lugar. Apressei meu passo para me aproximar da mulher. Sem pensar, dei a mão para ela e fomos de mãos dadas até a casa. Paramos em frente à porta da casa. A porta não tinha chave, apenas uma tramela muito bonita, toda adornada e com algumas frases escritas em uma língua que eu desconhecia, muito bem-acabada. Tomei a iniciativa e abri a porta. Senti um forte aroma de alfazema por toda a casa. Sabia do poder purificador desta planta, que harmonizava os ambientes e agia na espiritualidade das pessoas, facilitando a tomada de decisões, li isso em um manual de fitoterapia. Me trouxe serenidade, um sentimento de lar. Lembrei-me da casa de meus avós paternos.

— Teremos que dormir aqui?

Perguntei.

— Possivelmente.

— Mas por quanto tempo?

— Vai depender do encadeamento das coisas.

— Que coisas? Eu entrei neste escritório de advocacia para entregar um documento. Não estou entendendo nada!

— Calma, logo você vai entender.

— Qual o seu nome?

— Nghatt Inn. Maria em sua língua.

— De onde você é?

— De Mintaka, na constelação de Órion.

Tudo estava tão misterioso que não achei absurdo o que ela me disse. Tentei organizar meus pensamentos, mas minha memória estava difusa, eu não tinha certeza das coisas.

— Você é uma extraterrestre?

— Uma extraterrestre humana do futuro. Viemos para uma missão. É aqui que nós vamos nos amar e você vai me dar um filho.

Nghatt Inn falou com uma naturalidade misteriosa, logo que chegamos à casa. Então pedi que se sentasse e me explicasse o que estava acontecendo.

— Por que estou aqui? Isso é um sonho?

— Não é um sonho, é um espaço interdimensional, com uma temporalidade diferente da que você vivia em seu tempo.

Me lembrava, mesmo de forma difusa, que havia entrado no escritório de advocacia, e agora eu estava aqui, com uma linda mulher que queria um filho meu.

— Me explique por que fui escolhido e qual o motivo disso!

— Eu sou do futuro. Estamos cinco mil anos à frente de sua época. Em nosso tempo, estamos vivendo uma crise muito séria. As crianças estão nascendo muito fragilizadas, e o índice de mortalidade infantil está aumentando. Atingimos uma expectativa de vida de 250 anos em média. Em Mintaka estamos com uma população de adultos e velhos na ordem de 85%. Há mais de cem anos controlamos o espaço-tempo a partir dos portais.

"Esta casa está numa zona intermediária entre as duas épocas. A minha e a sua. Estamos em um exoplaneta próximo de Mintaka chamado Canódiun Tupã (este nome se dá porque o astro é rico em Canódiun, importante metal para a confecção de trajes especiais). É habitável e está a quatrocentos anos-luz da Terra, com uma pequena população de humanos no quadrante sul do astro. O portal foi direcionado para o quadrante noroeste, em uma região desabitada e desconhecida pela população autóctone, com ótimas condições climáticas, em terra fértil, com água suficiente para as plantações e florestas induzidas, dos tipos I e II.

"A civilização de Mintaka preparou o ambiente para a concepção de nosso filho, em um primeiro momento, criando as mesmas condições da Terra e propiciando uma gestação da maneira mais original possível, resgatando as formas mais primitivas de existência do homem. Estamos em uma casa de campo com tudo de que necessitamos para sobreviver e viver por nove meses."

— Nove meses! Mas eu tenho meu trabalho. Eu vou ser demitido do meu emprego, minha família e meus amigos vão dar falta de mim.

— Não se preocupe. Quando você for liberado para retornar, e pisar o hall de entrada do Escritório de Advocacia Órion, terá transcorrido um período de menos de sete horas. Ninguém vai dar falta de você neste tempo. Só vai ter que explicar para seus pais por que chegou tão tarde.

Eu já havia lido alguma coisa sobre viagem no tempo, mas as discussões eram apenas teóricas. Não conseguimos deslocar o homem em uma nave na velocidade da luz. Neste momento, constato que conquistamos este intento, o que me trouxe uma alegria momentânea.

— Os protetores nos colocaram em um ambiente natural, onde vamos nos alimentar somente de alimentos produzidos nesta terra.

Continuou Nghatt Inn, apontando para toda a extensão da propriedade.

— Vamos consumir ovos, fazer pão, comer as frutas da propriedade, abater animais para nosso consumo, além de utilizar óleos comestíveis, medicinais e para a queima. A preocupação é resgatar as formas originais de sobrevivência e reprodução humanas. Queremos fortalecer nossa espécie e nós dois fomos escolhidos para a primeira intervenção. O objetivo, se tudo der certo, é deslocar animais e plantas do seu planeta para esta unidade no exoplaneta Canódiun Tupã. Não transportaremos humanos do passado.

Acompanhei todo o período de gestação de Nghatt Inn. Naquela propriedade eu percebi que existiam bois, cavalos, porcos, patos, sapos etc. Ao fundo, atrás da casa, uma vala nos provia água, um lago escuro e fundo. Próximo ao lago tinha um pequeno chiqueiro, com um casal de porcos e seus filhotes. Havia uma construção que abrigava patos e galinhas. Descobri um urso panda que sempre vinha comer os brotos de bambu de um bambuzal próximo ao lago, passava pela cerca sem ser barrado. Se dava bem com os animais da casa. A cadela, com seu filhote, sempre se aproximava dele. O filhote interagia com o panda sempre que ele aparecia para comer, e sua mãe o acompanhava. Sentavam-se próximos do pequeno urso, em um ambiente tranquilo e amistoso. Dentro da casa morava uma gata de meia-idade que era caçadora. Tinha um olhar profundo. Um dia, Nghatt Inn sugeriu para a gata que ela chamasse o corvo para entrar, pois estava prestes a cair uma tempestade. Passou alguns minutos e chegou o corvo voando, e logo atrás veio a gata. Tão logo entraram, uma chuva torrencial começou a cair. Fiquei intrigado com a capacidade de comunicação da gata, então resolvi testar. Chamei-a pelo seu nome, Melea, e ela atendeu de pronto. Então pedi para que chamasse Nghatt Inn para vir aqui onde eu estava. Acompanhei a gata pela janela indo ao celeiro. Passou um tempo e Nghatt Inn apareceu para saber o que eu queria. Comecei então a conversar com ela, que sempre me olhava com muita atenção. Sentia que ela me entendia.

Na casa tinha também um corvo que nasceu no celeiro, mas logo veio para dentro de casa. Foi retirado do ninho e domesticado. Voava, mas sempre voltava ao lar. Andava pela propriedade e "conversava" com os animais. Era comum ouvir o seu gralhar, empoleirado na cerca do chiqueiro, "falando" com os porcos. Tudo estava lá em perfeita harmonia, parecia um espaço constituído no tempo, com uma história. Aquele ambiente era um cenário que replicava um espaço terrestre que existiu.

A sala principal da casa era aconchegante e tranquila, mas não aplacava minhas inquietações. Depois do jantar nos acomodamos em um sofá confortável e eu bombardeei Nghatt Inn de perguntas.

— Este espaço foi criado muito tempo antes de chegarmos aqui?

— Esta área é um território dos Mintakas. Foi montada há quinze anos, quando já tínhamos localizado o período em que estabeleceríamos contato com o passado. Logo encontraram você como indivíduo mais bem-preparado para a fecundação.

— Antes de chegarem?

— Antes, pelas sondas do tempo.

— Me explique melhor essa "primeira intervenção"... por que é tão importante?

— Nos últimos dez anos de nosso tempo, constatamos que o índice de natalidade de nossa civilização havia decaído e a fecundação *in vitro* estava criando embriões defeituosos. Além disso, percebemos anomalias genéticas em boa parte da vida de nosso ecossistema.

— Em Mintaka?

— Isso. Percebemos que estávamos perdendo nossas características originais, então resolvemos buscar no passado a solução de nosso problema. Já havia algumas teorias sobre as fendas no tempo. Então o poder central investiu em pesquisa para chegar às viagens no tempo. Nessas pesquisas encontraram informações de uma civilização do futuro que havia dominado a viagem no tempo, os Juártidas, mas ela foi extinta.

— O que são Juártidas?

— Nós teremos tempo para que eu te explique com detalhes todas as suas dúvidas.

— Ok!

— Mas embora extinta — continuou Nghatt Inn com a mesma intensidade que havia começado a me explicar — deixou na Terra, no século XIV, um artefato que abria o portal do tempo e também disponibilizava todas as informações sobre como construir um portal em forma de sinal constante no éter.

— Então vocês foram buscar o artefato no século XIV?

— Não! Só conseguíamos enviar sondas pelas fendas do tempo. Num dado momento, captamos as frequências que os Juártidas enviaram pelo artefato, informando como viajar no tempo. Somente com estas informações pudemos viajar no tempo, graças aos Juártidas.

— Quem são estes Juártidas?

— É uma civilização do futuro, já extinta, que deixou, em uma ordem religiosa, um artefato de abertura do portal do tempo para o passado. Te explicarei com calma, teremos muito tempo.

— Sim, com certeza você vai ter que me explicar toda esta loucura.

Os quinze primeiros dias foram agradáveis, com muito amor íntimo, até que fui separado de Nghatt Inn. Fui direcionado para um quarto, com uma área externa cercada. Em meu quarto existia um aparelho de comunicação 3D. Eles me disseram que, além de capturar a imagem, o sistema media o pulso dos participantes, o humor, tudo a partir de um sensor de retina. A função do aparelho era capturar as oscilações de tamanho e brilho da retina e passar as informações para um banco de dados, que alimentava um programa cujo algoritmo analisava humor, estresse, raiva, cansaço e alegria. Ao final da conversa, os Mintakas tinham, instantaneamente, um relatório do comportamento das variáveis avaliadas, sem contar a *análise léxica* de nossas conversas. No primeiro momento, achei invasiva a atitude deles, mas, considerando a sinceridade e a forma com que fui tratado, não tinha do que reclamar. Disseram que esta separação era momentânea, que, depois de algumas instruções sobre o meu comportamento com Nghatt Inn em toda a gravidez, nós voltaríamos a conviver. Disseram também que, depois do nascimento do meu filho com Nghatt Inn, eu seria direcionado ao portal para o retorno ao meu tempo.

Foram tempos de relacionamento e de sobrevivência. Tínhamos que buscar nossa alimentação na propriedade. A experiência que adquiri no sítio de meu pai, até a adolescência, foi de grande valor neste momento. Pensei que eles poderiam ter considerado isso quando da minha escolha para esta missão. Fui conhecendo Nghatt Inn e acompanhando sua gravidez. Me assustei quando me disse que tinha 65 anos; ela tinha uma beleza jovial. Meu afeto por ela foi aumentando, cheguei a me apaixonar.

Não tínhamos problema de dormir na mesma cama. Dividíamos uma cama de casal bem grande. Lembro o dia em que me declarei para Nghatt Inn. Numa noite fresca, ela foi tomar banho antes de se deitar. Retornou nua e maravilhosa. Ela não tinha o menor constrangimento de ficar nua na minha frente, o que aumentava sua beleza de ser e de agir. Sentada na cama, secando seus lindos e longos cabelos sedosos, transbordei minha expressão no verbo.

— A cada dia que passa tenho maior afeição por você. E não é por conta do amor que fazemos. Você é companheira, amiga, bem-humorada, trabalha em tudo que precisa, sem preconceito, sempre querendo aprender... Estou apaixonado por você.

— Que bom! Eu também sinto coisas muito boas com você, não sei se isso é estar apaixonada.

— Você já sentiu essas "coisas muito boas" com outras pessoas?

— Não com a intensidade que eu sinto com você.

Dei um grande beijo nela, depois falei olhando para seus olhos:

— Isso é amor e paixão.

Ela sorriu e me abraçou.

Nghatt Inn era carinhosa, atenciosa e afetiva, porém, às vezes, sua expressão parecia controlada, balizada pelas demandas dos *protetores*, parecia uma funcionária do poder central, o que me levava, em alguns momentos, a um certo afastamento. Com o passar dos meses fui entendendo sua maneira de ser e descobrimos uma forma equilibrada de afeto. Eu me sentia bem com ela. Em toda a minha permanência, nós conversávamos e ela explicava as coisas do seu mundo, e eu, as do meu. Me lembro de um dia muito frio em que conversávamos próximos à lareira e ela me dizia da importância dos Juártidas para eles. Ela comentou como o uso do portal era um ato sagrado:

— No momento de abertura do portal, ocorre um cântico que antecede a conexão. É um coro de cinco protetores, três mulheres e dois homens (que estão nesta missão). Um cântico popular de Juártida, que evoca a paz e o crescimento espiritual, fundamentado no amor e afeto entre os humanos, cantado antes do envio de homens para as viagens no tempo.

Este cântico encontramos inscrito em um asteroide, numa caverna, a letra e a música. Demoramos um pouco para decifrar.

– Deve ser muito bonito.

– É cantado à capela, só vozes. Nós resgatamos o cântico e interpretamos para a abertura das fendas do tempo.

Nos nove meses e meio de minha permanência no exoplaneta, a cada 36 horas, eu era levado para uma sala com uma cadeira grande, onde me prendiam, para fazer um procedimento de rejuvenescimento, visando retardar meu envelhecimento para que, quando retornasse ao meu tempo, estivesse com a aparência mais próxima de quando saí. Uma outra atividade que ocorria quinzenalmente era a coleta de sêmen. Me levavam para uma sala com luzes indiretas e almofadas no chão. Na primeira vez me colocaram um óculos de realidade virtual e me orientaram para não tirá-lo. Então apareceu na tela uma linda mulher nua que se aproximou de mim e falou:

– Agora vou te dar muito prazer.

Levantou meu avental e começou a me chupar. Eu estava fortemente estimulado e logo ejaculei. Com o término da ejaculação, resolvi tirar os óculos e vi dois auxiliares retirando de meu pênis um equipamento que o envolvia. Nele tinha uma pequena tela que mostrava dezenas de informações. A glande estava selada com um invólucro, me pareceu de borracha, com um cano que terminava em um pote transparente, onde estava meu esperma coletado.

Me recusei a fazer de novo! Então fui convocado para uma reunião com os protetores. A sala tinha quatro protetores, o meu porta-voz, a enfermeira que me assistia, e Nghatt Inn. Depois que todos se sentaram, logo um dos protetores tomou a palavra.

– Seremos rápidos e objetivos, Sr. Antony. Como o senhor já sabe, vivemos uma crise reprodutiva em nossa sociedade. Envidamos enormes esforços para estar hoje aqui. O senhor pode ser a solução de nossos problemas, é um ótimo exemplar da espécie humana. Esperamos que o filho que o senhor e Nghatt Inn estão gerando traga genes que estabilizem nossa reprodução.

— Obrigado.

Respondi meio constrangido, arrependido de ter respondido.

— Contamos com sua contribuição, e de tantos outros que certamente virão depois do senhor, para a estabilização genética de nossa civilização. Isso dar-se-á de duas formas: I) a forma natural, como estamos fazendo com o senhor e Nghatt Inn, e II) a partir de uma fecundação artificial.

"Ela será feita de duas maneiras: a) inoculando os sêmens coletados nos óvulos de nossas mulheres, b) através do uso dos óvulos de nossas mulheres e dos sêmens coletados de doadores como o senhor em uma máquina procriadora. Temos, portanto, três frentes para atacar o problema. Pretendemos manter um banco de sêmen de todos os selecionados para a procriação. Este material representa muito para nós.

"É uma questão de sobrevivência. Por isso, a condição para que o senhor retorne ao seu tempo é que permita a extração de sêmen quinzenalmente, até o nascimento da criança, quando o senhor será liberado para retornar para casa. Cabe lembrar que este procedimento não é invasivo, o senhor não sofrerá nada com isso."

Não tive oportunidade de responder, logo um dos protetores falou:

— O senhor tem até a próxima sessão para decidir. Ou aceita a coleta de sêmen, ou ficará aqui na propriedade, depois do nascimento da criança, sem a presença de humanos. Só retorna a seu tempo se aceitar doar seu sêmen. Nossa reunião está encerrada, obrigado a todos!

Eu não tinha saída. Ou eu aceitava aquele procedimento ou teria que viver minha vida naquele espaço, e sozinho.

No dia da coleta, apresentei meu aceite, com uma condição. Que não houvesse o holograma. Usaria minha imaginação, pensando em Nghatt Inn, minha musa, que eu, a cada dia, aprendia a amar.

Passaram-se nove meses, e a criança nasceu em perfeitas condições. Seu nome era Thídors.

Então retorno. Quando percebo que já estou no saguão do escritório de advocacia Órion, verifico as horas em meu relógio de pulso, 22h38. Saí um pouco atônito, tentando acomodar minha mente ao meu tempo. Vou direto para casa. Estava preocupado com meus pais. Não era comum eu chegar a essa hora em casa. Inventei que tinha ido direto do trabalho para a casa de um amigo. Era seu aniversário. Felizmente o sobressalto desapareceu, os meus pais se tranquilizaram e não perceberam nada de diferente.

No outro dia saí normalmente para o trabalho. Mesmo assim algumas pessoas estranharam minha aparência. Algumas comentaram comigo. A desculpa que dei foi que havia contraído um vírus estranho que me debilitou, mas que já estava melhorando. Sabia da importância de uma explicação convincente, para que tudo voltasse ao que era antes.

No trabalho, tinha dificuldade de me concentrar. Não é por nada, mas tive um filho no futuro, fiquei nove meses em um exoplaneta a quatrocentos anos-luz daqui, me apaixonei por uma mulher e, quando volto para meu tempo, passaram-se apenas algumas horas.

No segundo dia de meu retorno, mesmo tentando disfarçar, minha mãe me chamou para conversar:

— Meu filho, eu estou percebendo em você um comportamento estranho, você não está conversando, fica meio aéreo nos cantos da casa. Fiquei pensando nisso, então percebi que você mudou desde que chegou anteontem mais tarde. O que está acontecendo?

— Nada, mãe, o serviço é que está puxado. Muita coisa acumulada, só preciso descansar um pouco.

Me dirigi para o quarto, evitando conversar mais. Menti para minha mãe. Achei melhor. Os Mintakas me pediram para não divulgar a ninguém a minha viagem. Se vazasse, poderia colocar em risco a importante missão de sobrevivência daquela civilização, e eu me convenci desta importância.

No quarto dia depois do meu retorno, percebi em minha mesa no trabalho um bilhete na bandeja de baixo, ou seja, uma tarefa urgente, que dizia "Escritório de Advocacia Órion" sublinhado e embaixo escrito "Pegar o resultado", só que desta vez estava assinado. "Nghatt Inn". Meu coração transbordou de felicidade. Logo depois do almoço, já saí para o escritório de advocacia Órion. Quando entrei no saguão, havia em uma mesa um envelope escrito com letras grandes "Para Antony". Peguei o envelope e abri. Dentro dele havia uma mensagem: "Antes da conexão, entre em contato, imediatamente, com a Ordem da Aurora Brilhante". Saí do prédio, atravessei a pequena rua e bati com uma grande argola de metal naquela porta maciça de madeira. Logo veio alguém para abrir, direcionando-me para uma sala. Entrei, e lá estava o homem que havia falado comigo na primeira viagem, mais os outros dois homens que me seguraram quando entrei pela primeira vez na fenda do tempo. Agora estava tudo calmo, me convidaram para sentar de uma forma natural, amável e tranquila.

— Então, senhor Antony, chegou o dia do segundo contato, este vai ser mais breve, fique tranquilo. O senhor ficará em Canódiun Tupã por três dias, na fazenda que já conhece.

— Poderei ver Nghatt Inn?

— Certamente. Ela acompanhará o senhor nestes dias.

— Qual o objetivo deste contato?

— Primeiramente, pensamos que o senhor teria interesse em conversar com Nghatt Inn e Thídors Inn. Mas também os protetores entendem que é importante que o menino conheça seu pai neste momento de sua vida.

— Certamente, estou feliz de poder encontrá-los.

— Então está bem. O senhor terá uma estada de três dias em Canódiun Tupã. Neste período o senhor vai conviver com Nghatt Inn e passar uma tarde com seu filho, Thídors Inn. Todos os dias de sua permanência o senhor passará por uma seção de coleta de sêmen.

Para mim estava tudo bem, o problema é que teria que passar de novo por aquela estranha intervenção, mas... tudo pela causa. Terminada a rápida conversa, levantaram-se e pediram para que eu retornasse ao Escritório de Advocacia Órion. Os três homens me acompanharam. Chegamos à sala, e eu já senti uma vibração estranha no corpo.

Depois que entrei no portal do tempo, terminei minha viagem na sala que eu bem conhecia. Foram nove meses de existência neste lugar. Nghatt Inn já aguardava a minha chegada. Nós ficamos nos olhando pausados sem ação. Então senti um êxtase, algo positivo no ar, e me percebi sorrindo quando Nghatt Inn toma a palavra e diz.

— Para mim quanto tempo, para você um instante.

Nghatt Inn, naquele momento, estava com 75 anos, mas continuava plenamente jovem.

— Ainda estou processando. Desde quando retornei, não estou conseguindo fazer as coisas direito, estou meio perdido, tentando entender o que aconteceu, para onde isso vai... Nos quatro dias depois do retorno, eu não consegui dormir, não consegui parar de pensar em tudo que aconteceu em minha vida.

— É muito estranho mesmo, imagino. Amanhã você terá condições de ver o seu filho, com quinze anos agora.

— Estou inquieto com este encontro... mas feliz, certamente feliz! Ver meu filho com quinze anos, saudável...

— Sim, ele é muito saudável, ele é forte, recebeu o vigor do pai e não apresentou nenhuma anomalia genética. A experiência foi um sucesso.

Senti que neste primeiro contato nossa conversa estava muito formal, acho que estávamos meio assustados com tudo aquilo, embora eu estivesse mais do que ela. Não conseguimos relaxar no primeiro contato. Na primeira noite, fomos cedo para a cama. Então, inevitavelmente, o amor floresceu de uma forma radical, plena, saudosa e muito terna. Naquele momento, relaxamos e retornamos o afeto do ponto em que nos vimos pela última vez. Conseguimos perceber como nós nos amávamos. A felicidade tomava conta de mim, sentia uma alegria de criança. Conversamos até a madrugada, quando dormimos de cansaço. Tomamos um café tranquilos, serenos, alegres, com uma conversa leve. Em certo momento me disse:

— Hoje você vai receber seu filho. Ele está lindo, tranquilo, maduro, muito evoluído, você sentirá orgulho dele.

— Se você diz, eu assino embaixo, meu amor.

As palavras "meu amor" escorregaram por entre meus lábios e se projetaram livres, sem o meu controle. Nghatt Inn olhou para mim com um espanto ingênuo, mas logo disse:

— Você também é meu amor.

Em outros momentos ela ia me revelando coisas. Me lembro de ela dizer que, na órbita do exoplaneta que ficamos, tinha uma nave dos Mintakas, que me recebeu antes de ser enviado para o exoplaneta. O jardim com as mulheres aonde cheguei, e escolhi Nghatt Inn, era um cenário produzido dentro da nave. Nghatt Inn me contou que eram dezenove mulheres mintakianas selecionadas para servir como parideiras, conforme a minha escolha. Comentou sobre Thídors e sua evolução, de alguns costumes em Mintaka, e sobre meu filho, disse:

— Ele é muito inteligente, aplicado, persistente, e com uma consciência social crítica e ampla.

Falou de seu interesse precoce em cápsulas de sobrevivência. Um fato relacionado o marcou quando tinha dez anos. Um grande amigo de escola perdeu seus pais e a irmã de cinco anos por conta da ruptura da célula de sobrevivência, em uma viagem de aventura a um planeta inóspito. Nghatt Inn acreditava que isso havia influenciado o menino a seguir uma carreira de engenheiro. Contou que ele logo se engaja como auxiliar aprendiz no Centro Mintakiano de Terraformação (CMT). Começaria a graduação em Engenharia das Construções Interestelares. Nghatt Inn foi me informando com empenho e uma alegria nos olhos sobre a evolução de nosso filho.

No outro dia, no começo da tarde, saí com Thídors para andar pela fazenda, enquanto ele me contava o quanto gostava de caminhar na fazenda. Disse que sempre vinha para cá. Então falei:

— Vamos sentar-nos um pouco para conversar.

Thídors aceitou. Senti felicidade nele de estar comigo naquele lugar.

— Pai, eu sempre insisti para ver o senhor. Conhecia sua história com minha mãe, mesmo assim queria conhecê-lo.

— Nós já nos conhecemos meu filho. Quando você nasceu, você me foi dado para segurar por um instante, logo que você veio ao mundo.

— Eu assisti ao vídeo.

— Fui a segunda pessoa que te pegou, você estava agitado. Eu te aconcheguei em meus braços por um tempo, então você acalmou, só daí te pegaram e nós não nos vimos mais até este momento.

Ficamos os dois quietos, ele de cabeça baixa, como que procurando palavras no chão para falar algo. Fiquei observando-o e vi em seu pescoço três pintas, como as que minha mãe tem.

— Sabia que sua avó também tem três pintas parecidas com as suas?

— Pode ser uma característica genética, que transcorre entre as gerações.

Concordei com a cabeça e me espantei com precisão de sua explicação. Então continuei:

— É comum meninos de sua idade entrarem na faculdade?

— Sim, entre quinze e dezoito anos, os meninos e meninas que apresentarem interesse por assuntos científicos entram no que vocês denominam hoje de faculdade.

— Sua mãe me contou da tragédia que ocorreu com a família de seu amigo. Certamente isso influenciou sua escolha por esta área.

— Por certo! Embora desde muito gostava de arquitetura de moradias para ambientes inóspitos, sempre vi como um conhecimento fundamental para a perpetuação de nossa civilização.

Fiquei impressionado com a eloquência de seus argumentos e explicações, sempre didáticas. Quando retornamos para a sede, ele se despediu com um abraço. Fiquei com Nghatt Inn mais uma noite.

No dia seguinte, fui para o portal e quando cheguei meu retorno foi quase instantâneo. Voltei com minha mente cheia de novas informações. Ainda confuso, mas feliz de ter visto meu filho e minha amada. Desta vez não tive nenhum problema de readaptação, mas eu ainda estava elaborando os acontecimentos dos últimos dias. Em casa, me empenhei em disfarçar, manter as aparências.

Passados cinquenta dias, recebo uma nova mensagem em minha mesa, na bandeja de baixo. Dizia: Escritório de Advocacia Órion e abaixo "Conclusão de uma jornada", novamente assinado por Nghatt Inn. Ao contrário das outras vezes, deveria, no outro dia, chegar de manhã até as 9h17. Quando entrei no escritório, tinha novamente um bilhete solicitando minha presença na Ordem da Aurora Brilhante. Desta vez, minha viagem seria de apenas dois dias.

Fui recebido por Thídors na nave que orbitava Canodiun Tupã. Thídors me informou que passaria o dia comigo e que depois eu seria direcionado para a fazenda. Naquele momento, meu filho coordenava o projeto de células moduladas de sobrevivência do CMT. Ele já era um homem feito, com a mesma força, determinação e entusiasmo de quando o havia visto com seus quinze anos.

— Pai, hoje o senhor vai conhecer o resultado de um trabalho de trinta anos.

Entramos em uma pequena nave de cinco lugares e fizemos uma viagem de cerca de duas horas até um asteroide que, segundo Thídors, apresentava um mineral muito valioso. Quando estávamos próximos de aterrissar, avistei uma série de habitações, todas interconectadas.

— Estas construções são o resultado de um projeto desenvolvido pela equipe que eu coordeno no CMT.

— O que é CMT mesmo?

— Centro Mintakiano de Terraformação.

Ele respondeu com um sorriso paciente e continuou:

— Todas as unidades apresentam uma construção subterrânea com uma área igual ou maior, em alguns casos, do que a construção de superfície.

— Quantas pessoas ficam em cada módulo?

— Cerca de 25. É na parte subterrânea que extraímos os minerais, que são carregados em uma nave de carga até uma nave maior, na órbita do asteroide.

— Não tem ar respirável aqui?

— Não, ficamos isolados da atmosfera do asteroide. É uma atmosfera de menos 25 graus centígrados, com alta concentração de enxofre, letal para os humanos. Os grandes cargueiros, quando carregados, levam os minerais para unidades de processamento próximas a Mintaka.

Thídors acoplou a pequena nave em uma das unidades. Descemos para que eu conhecesse as instalações e alguns membros da equipe. Quando estávamos retornando, já em pleno voo, não me contive e dei três tapinhas no ombro de Thídors, e disse com muito orgulho:

— Que belo trabalho, meu filho!

Ele interrompeu por um instante a pilotagem da nave, olhando para mim com um sorriso satisfeito. Chegamos na nave que orbitava o exoplaneta Canódiun Tupã. Antes de me teletransportar para o exoplaneta, Thídors falou:

— O senhor encontrará minha mãe na fazenda, passará um tempo com ela, depois irá para Mintaka. Nos veremos lá.

Quando cheguei à fazenda, encontrei Nghatt Inn com 253 anos. Thídors já tinha 187 anos. Nghatt Inn já mostrava sinais de velhice, mas estava lúcida, conseguia se deslocar vagarosamente. Sentamo-nos no alpendre na sede da fazenda, e ela me pôs a par de sua situação e a de nosso filho. Contou que havia chegado a hora de seu desligamento deste plano. Disse que morreria de forma natural em um ritual em Mintaka.

— Mas você vai se matar, não é natural. É suicídio.

— Não conosco. Não temos medo da morte, acreditamos que nossas almas estarão resguardadas por nossos guardiões espirituais, que darão um novo sentido para nossa existência.

— E como será este ritual?

— Entre duas montanhas, no setor 34 em Mintaka, temos um lago sagrado. O lago Anúbis, de águas douradas. Existe um grande templo com uma rampa que entra no lago. Quando chega o momento da desencarnação recebemos o cinturão para a nova dimensão. Perpendicular à rampa, temos duas torres nas margens do lago. O cinturão tem duas funções. Como lastro, para que possamos mergulhar o corpo inteiro no lago, e também se conecta às duas torres. Depois de feita a transição para a outra dimensão, a pessoa é erguida a 33 metros de altura no centro do lago, a partir de raios tratores das duas torres.

— As pessoas não ficam com medo na hora de se afogar?

— Não! Não nos afogamos, as águas douradas são muito leves, quase uma névoa que penetra em nosso corpo e desprende de forma natural nossa alma do corpo, sem dor nem medo. Este nosso ritual remonta à mitologia Viking, da terra prometida após a morte *Valhalla*, mas com uma outra noção de guerreiro. Para nós, guerreiro é aquele que conseguiu percorrer sua existência pelo menos até os 250 anos. Este valor foi aumentando em função do aumento da expectativa de vida. O poder central avalia, no intervalo de cinquenta anos, se houve alteração na expectativa de vida e se tem que aumentar a idade que permite o ingresso na rampa do lago dourado. No momento é 250 anos.

— Então só depois de 250 anos a pessoa pode, se quiser, descer a rampa do lago dourado, é isso?

— Sim, mas todos querem.

— E os que morrem antes?

— Terão um sepultamento normal nas terras de Mintaka.

— Você disse que, depois de submergido, o corpo é retirado e fica pendurado, mas por quanto tempo?

— Ele fica exposto por seis horas para a comunidade se despedir com orações, depois é levado para o Mausoléu da Grande Existência.

Depois de três anos, Nghatt Inn resolveu descer a rampa. Entendeu que aquele era seu momento. Fui direcionado para o templo junto com Thídors. Foi a primeira vez que fui para o planeta Mintaka. O templo era monumental, com paredes e colunas transparentes entre o amarelo claro das colunas e o verde-esmeralda das paredes. Nos portais e janelas havia grandes estruturas metálicas, de uma liga que eu nunca havia visto, levemente arroxeada. Muitas pessoas convergiam para o templo, parecia realmente um evento importante. Ficamos em um grande mezanino junto com guardiões, informou Thídors. A cerimônia durou cerca de uma hora. Quando Nghatt Inn iniciou a descida da rampa, meu coração deu um nó, meus olhos se encheram de lágrimas, mas as pessoas ao meu lado, e mesmo Thídors, não demonstraram emoção naquele momento importante de transição. Quando ela foi erguida a 33 metros, todos entoaram um cântico quase triste, sereno, penetrante. Toda a multidão cantava baixo, reproduzindo um colossal murmúrio, então entendi o sentimento daquele povo. Algo diferente, mas profundo. Terminada a cerimônia Thídors me acompanhou até o portal onde retornaria para meu tempo. Antes de partir, falei:

— A experiência de ser pai e ter você como filho foi única e profunda para mim. Mesmo sendo da forma como foi. Mesmo com este pouco tempo que tive para elaborar, para entender o motivo de tudo isso. Eu tive muito pouco tempo meu filho!

— Eu sei pai, compreendo sua angústia e inquietude.

— Mas foi uma experiência intensa. Me sinto privilegiado por ter participado desta missão, uma aventura. Por mais programada e calculada que tenham sido as ações, para mim, vivi uma grande aventura. Não sei se nos veremos mais, então deixo meu abraço carregado de amor e esperança para você e suas realizações.

Abracei Thídors e dei-lhe um beijo na testa, depois me direcionei ao portal para o retorno.

Quando entrei em casa, logo senti o delicioso aroma de canela, do bolo indiano que minha mãe fazia tão bem. A mesa da cozinha estava preparada para o café da tarde, minha mãe me aguardava sentada. Deixei a pasta de trabalho em meu quarto, lavei as mãos e logo fui para o lanche. Enquanto saboreava o bolo com café, minha mãe começou a contar um sonho que teve:

— Meu filho, tive um sonho muito intenso. Eu estava na boca de uma grande caverna. Uma entrada repleta de samambaias, com pequenas linhas d'água escorrendo pelo rochedo que circundava a entrada. Tinha uma voz que me dizia: "você vai conhecer seu neto". Então, uma imagem em três dimensões aparece com um menino, um lindo menino. Quando me aproximo de seu rosto, ele aponta para as três pintas que tem no pescoço. Na hora me lembrei das três pintas que também tenho no pescoço.

Meu avô, com mais de noventa anos me dizia que as três pintas eram as Três Marias. Certa feita, eu estava com seis para sete anos, ele me levou para o quintal no meio da noite. Nos afastamos da luz da casa. Então ele parou, se agachou, apontou para três estrelas no céu e me disse: "estas são as Três Marias".

Quando terminamos de comer, logo fui para meu quarto. Atônito com o sonho de minha mãe, algumas constatações me vieram à mente. As Três Marias são planetas da constelação de Órion, sendo um deles Mintaka. As três pintas como uma marca genética são informação que passei para Thídors. E minha mãe? Quem passou para ela? Não se sabe a origem. Uma certa ligação aparece. Incógnita. Me acalmo e digo para mim: *enfrente o destino e os mistérios do futuro*. Então penso se ainda serei convidado pelos Mintakas para algo. Morte do meu filho Thídors, o nascimento de meu neto, ou mesmo um convite para coleta de sêmen. Levanto da cama e começo a tirar a roupa para uma ducha.

FIM

VIRGÍNIA

MINHA ROTINA - 16/09

Não resta muito tempo para escrever. Depois do jantar (que às vezes tenho que fazer) e de lavar a louça é o momento em que posso me sentar para escrever alguma coisa. Se fosse o ano passado, não poderia escrever, chegava da universidade às 23h30, morta de cansada. Fazia faculdade de Letras à noite, mas eu já me formei! Agora meu cotidiano é assim: entro às 9h no trabalho e saio às 17h, às terças e quintas-feiras tenho aula de música e de instrumento, o violino, até as 19h. Moro com uma amiga e divido com ela o aluguel e as tarefas de casa. Depois de terminado o jantar e as arrumações, posso me dedicar à escrita, de que eu gosto muito. Nos dias que eu não tenho aula de música, aproveito o início da noite para arrumar a casa, mas sempre escrevo depois.

    Antes de receber a proposta de escrever este livro, escrevia em meu blog sobre o livro que estava lendo, sempre fazendo digressões baseadas no que lia, além de comentários e citações de trechos dos livros. Foi assim que o editor me encontrou. Esqueci de dizer que sempre escrevo ou leio depois que escovo os dentes e antes de dormir. Conforme meu envolvimento com a leitura, leio também no fim de semana. Gosto de andar no parque no sábado e às vezes no domingo. Como vocês veem, sou metódica, não saio muito de minha rotina. A menina que mora comigo sempre me pressiona para eu arrumar um namorado. Já tive, mas não deu certo, começou a interferir muito em minha vida, nas coisas de que eu gosto, então terminei. Estou bem, sozinha. Tenho minha colega aqui no apartamento, meus amigos no trabalho, já está bom. Quando em vez saio na noite vadia, mas é raro. Gosto de mergulhar em minhas leituras e em meus textos, para mim me basta. Achei que o leitor poderia querer saber algo desta autora/personagem. O que é legal é a dúvida que fica. Se esta narrativa é uma ficção ou é mesmo minha história. Vou deixar esta dúvida no ar, traz uma tensão que me agrada. Acho que agora vocês sabem um pouco da minha vida e de como eu estou produzindo este texto. Quero falar bastante de coisas que eu vi, que senti, que vivi, que imaginei.

VIRGÍNIA

SOB A ÓTICA DA JACA - 18/09

Logo de manhã, antes de sair para o trabalho, lembrei-me de uma história que um amigo de adolescência me contou, uma história que ele viveu. Ele estava acampando na praia de Trindade, no Rio de Janeiro. Depois de montar acampamento próximo à vila, subiu em um pé de jaca, colheu a fruta e deixou ao lado da barraca. No outro dia, pegaram a fruta verde que ele tinha colhido e puseram uma madurinha, cheirosa. Provavelmente um caiçara. Entre um gole e outro de café, ainda de pijama, me veio a ideia de contar esta história, sob a ótica da jaca. Me peguei várias vezes pensando em como eu construiria a jaca como protagonista desta história. Cheguei em casa, ainda sem coragem de partir para a escrita, então concentrei meus esforços para montar o roteiro. Em dois dias eu fechei a história e comecei a escrever. Vai lá.

Eu aqui pensando em minha vida, em tudo o que eu passei. Agora pequena, uma muda, mas com uma história que quero contar. Esta história eu compartilhei com o humano que me plantou em seu quintal, ele sabia ouvir, então contei para ele.

Comecei falando de minha espécie, minha origem na Índia. De como os humanos lá inventaram formas de se relacionar conosco. Até uma aguardente eles sabem fazer. Nós existimos em muitos lugares do mundo tropical. Não querendo me valorizar, mas falei que somos a maior fruta que existe e também que tem dois tipos, a dura e a mole. Eu sou a mole, mais docinha.

Um dia, no final da manhã, chegou bem embaixo de mim um rapaz montando uma barraca. Depois de alguns dias, peguei-o olhando para mim, indo para o tronco, se afastando e olhando. Ficou um tempo observando a árvore. No outro dia de manhã, ele começou a subir em mim. Em poucos minutos, ele estava apoiado no meu galho, segurando o galho de cima e começando a andar. Veio apoiando até chegar na minha fruta. Ele conseguiu agachar sem perder o apoio de cima. Era perigoso o que ele estava fazendo. Se perdesse o equilíbrio, cairia de uma altura de 30 metros. Só sei que com uma mão ele me colocou em cima do galho, logo me cortou e tirou da árvore. Foi uma sensação muito estranha. Eu parecia pesada para ele, o percurso foi lento. Confesso que fiquei preocupada de cair daquela altura. Mesmo o pessoal dizendo que este era o nosso destino, vi muitos parentes caírem e se racharem por conta do tombo e depois serem levados pelos humanos.

Finalmente cheguei à barraca, aquela que eu avistava lá de cima. Nunca imaginei que estaria aqui, tão perto dela. O jovem me deitou na areia quente, mas protegida do sol. Me senti confortável ali. Percebi que minha vida tinha mudado. Comecei a sentir uma sensação estranha, minha estrutura se alterava. Eu comecei a "amadurecer", assim meus parentes mais velhos ensinavam. Ficar naquela areia quentinha foi bom. Passei a tarde e a noite toda sentindo um negócio esquisito, diferente, coisa desta nova vida, eu acho.

Do meio para o final da manhã, eu percebo alguém me pegando. Um homem mais velho, que eu pude ver. Eu já havia visto ele passar, sempre passava perto da jaqueira, era caminho para sua casa. De onde eu ficava, quando estava lá em cima, dava para avistar ele chegando em casa.

Não foi muito longe o trajeto. De novo fui colocada na areia, só que agora ao lado de uma outra jaca. Trocamos algumas ideias, descobri que ela era uma irmã mais velha. Paramos de falar quando ouvimos a conversa entre o caiçara e sua mãe, parecia que tinha a ver conosco aquela conversa. A mãe do caiçara, que me pareceu morar lá, falou que o que ele estava fazendo era roubar a jaca de outra pessoa. Disse para ele pegar aquela jaca madura e levar para o menino. Assim todos seriam beneficiados. O menino teria a oportunidade de comer uma jaca madura e doce, e nós só teríamos que esperar um pouco, pois, quando a jaca que o caiçara trouxe, no caso eu, ficasse madura, eles teriam mais jaca, pois eu era bem maior do que a outra; eles estavam falando da minha irmã mais velha. O caiçara ouviu a mãe e entrou na casa. Depois de um certo tempo, ele se aproxima de nós, pega minha irmã e sai com ela. Eu acho que ele foi para a barraca do menino deixar minha irmã, madura, "um fruto pronto para ser comido", eu ouvi falar. Quando o caiçara retornou para casa, vi sua mãe beijando-lhe a testa, dizendo que ele fez a coisa certa.

    Os dias foram passando e fui sentindo cada vez mais forte minhas transformações. Mas estava lá imóvel, vendo o tempo passar. Às vezes vinha alguém me apalpar. Senti com o tempo, que fui ficando com minha casca mais mole e enrugada, e não cabia mais dentro de mim, fui mudando de cor, do verde para o marrom, tal qual a irmã mais velha com a qual havia conversado. Comecei a exalar um cheiro doce, mas sutil. Algumas formigas começaram a andar pela minha casca. Até que aconteceu!

    Me senti explodindo, sendo fragmentada em dezenas de outras, fui aberta ao meio. Tanto o rosto do caiçara quanto o de sua mãe apareceram de forma embaçada. Era uma imagem confusa, multivariada. Me lembro de ter visto duas bocas abertas me consumindo. Então adormeci.

    Aos poucos voltei a perceber o mundo. Estava plantada em um pequeno vaso. Percebi, então, que tinha um humano cuidando de mim. Com o tempo, ele começou a conversar comigo. No começo eu não respondia, mas ele insistia. Eu era uma confidente, parecia. Me contava seus problemas, suas dúvidas, suas mágoas e seus amores. Ele era bom, até me tirou do vaso e me plantou na terra, colocando várias pedras ao meu redor para me proteger. Então, por conta de seu afeto e atenção, eu comecei a falar. Ele ficou muito contente. Conversávamos sempre, fui crescendo, e ele sempre conversando comigo.

Com o tempo, ele começou a ficar enrugado, como eu fiquei há muito tempo atrás. Então, de uma hora para outra, aquele humano, meu amigo, parou de vir conversar.

Sinto saudades dele.

FIM

BRUNO

UM AMOR QUE SE DESFEZ - 21/09

Estou aqui com o firme propósito de escrever por pelo menos meia hora, mas chego sem uma ideia preconcebida, algo para desenvolver. De certa forma, estou sentado aqui por obrigação. Me lembro dos mil dólares e me sinto na obrigação, mas nem sempre é assim. Às vezes trago minhas inquietações sobre como eu vejo as coisas, o trabalho, as pessoas, as mulheres.

Então vou falar das mulheres. Não sei muito, conheci um par delas, mas acho que nunca me apaixonei. Gostava, sentia tesão, transava, mas aquele amor romântico que desperta, que eu vi com alguns amigos e amigas, nunca vivi! Minha primeira "paixão" foi por uma colega de escola. Nos conhecemos quando eu tinha quinze anos, e ela por aí também. Acho que não era amor o que eu sentia por ela, mas era algo diferente. Quando eu era moleque, eu a homenageava no banheiro quase todos os dias. No outro dia eu olhava para ela, e parecia que ela sabia que eu tinha gozado pensando nela. Isso tudo, esses sentimentos e essas percepções, acontecia sem trocar uma palavra, e sem nos tocarmos. Nós tínhamos uma cumplicidade velada, nós nos olhávamos quando não tinha ninguém por perto. Ela, quando cruzava seus olhos com os meus, desviava com um sorriso manso. Quando olhávamos um para o outro, não existia um receio, uma tensão. Com o tempo, nosso entrecruzar de olhos se tornava mais longo. Nunca nos falamos. Convivi com ela na escola por cerca de um ano, depois mudei de escola. Meu pai teve que morar em outra cidade por conta de seu emprego.

Uns dez anos depois, eu a encontrei! De cara a reconheci. Só que agora, uma mulher, uma linda mulher. Quando a reconheci, logo fui chegando e falando, foi como uma represa rachando. O fluxo de palavras vinha como ondas resgatadas do passado. Quando ela olhou para mim, abriu seu sorriso meigo, e eu não parava de falar. Então parei. Fiquei aguardando uma resposta dela, uma fala. Passado um tempo, ela falou que me reconheceu na hora que me viu. Quanto aos relacionamentos, eu sozinho, ela também, sem ninguém. Trocamos telefone, logo nos encontramos e nos amamos. Ficamos juntos por dois anos, até que uma doença grave mudou os nossos destinos. Sua mãe teve uma isquemia cerebral, e ela foi cuidar dela. Parou de trabalhar e foi morar com a mãe, que era uma pessoa muito legal. Fiquei triste quando soube da doença. Nós, consequentemente, nos distanciamos. Por mais de quatro meses, eu viajava para vê-la. Depois os intervalos foram aumentando. Nos desligamos, quando apareceu um ex-namorado e ela começou a ficar com ele. Ela foi legal, me falou. Daí para frente, não nos comunicamos mais. Para mim ficou uma réstia de frustração. Por muito tempo martelou em minha cabeça uma frase: *quem gosta cuida*.

BRUNO

O CAMINHO DO DESTINO - 29/09

Quando penso que tenho pouco menos de noventa dias para escrever uma narrativa literária, com um mínimo de qualidade, já me ponho alerta, desponta o compromisso, já penso num cronograma, e então me acalmo. O que tenho que fazer é sempre escrever para ir compondo material. Se o editor definiu a novela como gênero do livro, tenho que escrever pelo menos quarenta páginas neste tempo. Teremos direito a 7,5% da venda de cada livro. E dos livros vendidos fora do país, poderíamos receber na moeda correspondente. Euro para Europa e dólar para todos os outros países. Acho que não terá mais dinheiro depois destes mil dólares. Foi uma oportunidade que caiu no meu colo, acho que foi sorte. Mas o editor não me escolheu por acaso, deve ter analisado meus escritos publicados, o blog sobre literatura que eu coordeno, e acredito que com a escritora, que ele disse que contratou, foi a mesma coisa. Ninguém coloca mil dólares em um projeto por nada!

Para eu dar conta de escrever, somente à noite, depois do trabalho, e no fim de semana, tive que me organizar, para disponibilizar mais tempo para a escrita. Então, chego em casa, tomo um banho, janto, e agora sento todo dia para ver se produzo algo para o livro. Hoje mesmo, não tinha nenhuma história para contar, então eu resolvi falar um pouco de mim e de como vou escrever esta novela.

Moro sozinho. De vez em quando, uma tia querida vem passar alguns dias comigo, o que sempre é bom, porque conversamos muito, rimos, confidenciamos e compartilhamos coisas, e, de quebra, ela prepara a comida em casa. Eu lavo tudo, este é o trato. A presença de minha tia nunca é um peso para mim, ao contrário, ela me deixa mais leve, traz felicidade para o meu coração. A presença de minha tia é importante para minha produção artística. Além de ela me ajudar com as lidas domésticas, o que me deixa com mais tempo para a produção dos capítulos da novela, troco ideias com ela acerca dos meus textos, confio nela e em seus pensamentos.

Como não tenho restrição temática para o desenvolvimento da narrativa, achei que seria importante para o leitor entender quais são as condições de desenvolvimento deste trabalho visto pelo escritor. Pensei em uma história do dia a dia, das coisas corriqueiras, mas que vão marcando a vida das pessoas e criando um cenário que merece ser contado.

Luiz Alberto, como de costume, aconchegou-se na mesa do canto, perto da janela, de onde podia observar o movimento da rua, e ficava livre do trança-trança das pessoas pelo bar. Passados alguns minutos, o garçom veio atendê-lo. Ele pediu um whisky, uma porção de amendoim com uva passas e uma água mineral gasosa.

Luiz Alberto estava irritado e confuso com a atitude de Joana. Sua condescendência de aceitar cegamente as ordens de seu chefe, que estabelecia tarefas fora do horário de trabalho, o deixava irritado. Ela prezava muito seu emprego, e não queria macular a relação com seu superior. Como ela tinha pouco tempo de casa, essas preocupações apareciam. Luiz Alberto tinha todos os argumentos para criticar a postura dela. Estes argumentos ferozes, sanguíneos como um xarope de groselha, foram se diluindo conforme ia tomando sua bebida. Pediu uma segunda dose, quando apareceu um novo sentimento em relação a Joana. Ele a imaginou sorrindo, alegre, carinhosa. Sem perceber, Luiz Alberto sorria para o nada. O garçom, que veio perguntar se ele queria algo, presenciou aquela cena estranha e, constrangido, foi se afastando. Mas Luiz Alberto percebeu a presença do garçom, que o fez sair do transe. Ligeiro, pediu uma porção de carne ao shoyu com uma cerveja. Pouco depois da chegada do tira-gosto, aparece Joana.

— Cheguei na hora certa, estou morrendo de fome.

— Garçom, garçom! Traz mais um copo por favor.

O garçom, que limpava rapidamente uma mesa, com um casal em seu encalço para se sentarem, olhou para Luiz Alberto e anuiu com agilidade.

— Tive que concluir a atualização de uma planilha que o setor de compras vai utilizar amanhã bem cedinho.

— Podemos deixar seu trabalho fora de nossa mesa hoje? Só hoje!

Luiz Alberto faz um movimento de súplica com as mãos. Joana fitou seu amado por alguns instantes e por fim concordou com os olhos, sem comentários. Ele pediu mais uma cerveja e resolveu falar deles, de sua história, tentando reconstruir, como um quebra-cabeça, os momentos que marcaram o relacionamento deles.

— Hoje eu passei na frente do Teatro Municipal, fiquei olhando para a escadaria onde nos conhecemos, lembra?

— Claro, eu estava fazendo um lanche rápido, e você se sentou próximo de mim e me perguntou se haveria problema de fumar do meu lado.

— E você respondeu: "Sem problema, estamos ao ar livre, e em um espaço público". Achei sua resposta fria, quase agressiva, mas eu fiquei.

— Em um primeiro momento, achei estranha a sua chegada, depois, com o rolar da conversa, fui ficando mais à vontade... e interessada.

— Sim, eu percebi. Você começou a render a conversa, perguntou o que eu fazia. Foi você quem perguntou o meu nome e disse o seu. Foi aí que comecei a me animar.

Luiz Alberto pegou na mão de Joana, que estava apoiada na mesa, o que levou Joana a ter a iniciativa de beijá-lo com um selinho.

— Isso foi doze anos atrás. Enquanto eu te esperava, estava pensando que não tenho bem organizados os acontecimentos de nossa relação, me confundo na cronologia. Me confundo se um acontecimento foi primeiro do que outro, sabe?

— É, a gente confunde mesmo, tem que ir relacionando com outros acontecimentos, para montar uma sequência.

— Será que isso acontece com todo mundo?

— Acho que depende da personalidade da pessoa. Algumas são mais atentas a esses momentos, outras não se apegam tanto.

O bar estava com quase todas as mesas ocupadas, mas estava tranquilo, havia um murmúrio calmo e alegre. Em um pequeno palco, situado no canto da parede oposta à mesa que estavam Joana e Luiz Alberto, chegou um músico com seu violão e uma pasta com músicas cifradas. Ele regulou a estante de apoio, colocou a pasta e começa a folhear, até que encontrou a música pela qual queria iniciar sua apresentação. Chamou o garçom e disse algo. Em pouco tempo voltou o garçom com uma garrafa de água. Ele bebeu um gole, se ajeitou na cadeira e começou a tocar e cantar.

— Gosto desta mesa porque ficamos distantes do som, de tal forma que podemos conversar e curtir a música.

Joana assentiu com a cabeça e tomou um gole de cerveja.

Luiz Alberto e Joana são companheiros, mas moram em casas separadas. Ele propôs que morassem juntos, mas ela não quis. Joana valoriza sua individualidade e tem dificuldade de compartilhar seu cotidiano com alguém. Não gosta de dormir junto. Tem um certo TOC, se incomoda com coisas fora do lugar, se irrita e se descompensa. Por exemplo, se houver uma televisão ligada em outro cômodo enquanto está lendo ou estudando, ela perde completamente a concentração. Tinha se casado e se separou por conta desses problemas. Com Luiz Alberto, conseguia dormir junto. Ele era calmo, se mexia pouco, carinhoso, ela gostava de seu cafuné. Dormia tranquila com ele.

Os dois se amavam, e o tempo consolidou esse afeto, até que ele novamente propôs que morassem juntos. Argumentou que seria mais econômico e que poderiam ficar mais tempo juntos. Joana não teve coragem de dizer não de cara, falou que pensaria, embora já tivesse, naquele momento, uma posição firmada. O tempo que ela pediu foi para elaborar melhor seus argumentos, para não magoá-lo. Joana era uma pessoa difícil, mas com muitos predicados. Era dedicada a Luiz Alberto, sem ser submissa. Mulher centrada e coerente com o que acredita. Difícil de ser persuadida, leva seus argumentos até o limite do aceitável. Tem senso crítico e autocrítico. Embora com uma certa dificuldade, assume seus erros e pede desculpa em situação mais radical.

Luiz Alberto tinha 31 anos quando conheceu Joana, ela tinha 29. Ele viu em Joana a possibilidade de um relacionamento mais consistente. Estava querendo uma mulher para ser a mãe de seus filhos. Mas Joana não queria ter filhos, o que foi um baque para Luiz Alberto. A situação ficou insustentável, e eles se separaram, deram um tempo. Joana tinha mais habilidade de tratar a solidão. Luiz Alberto sofria mais, principalmente por querer um filho. A família representava muito para ele. Seus avós, seus pais e sua irmã se relacionavam com frequência, uma família unida, ao contrário do que ocorria na sociedade em geral, que cada vez mais não queria ter filhos e estruturar família. No fundo, Luiz Alberto queria voltar para Joana. Esta, por sua vez, vivia sua vida mais tranquila. É certo que sentia falta de seu companheiro, ainda o amava, mas nada que a abalasse muito. Gostaria de reconciliar-se com Luiz Alberto, tinha esperança de que ele aceitasse suas condições.

Certo dia, em um final de tarde, Joana tinha ido a uma joalheria para trocar a bateria de seu relógio, quando teve uma forte cólica. Chegou a sentar-se, tamanha foi a dor. Começou então a ter essas cólicas severas esporadicamente. Comentou este fato com sua amiga Sandra, que era enfermeira. Ela orientou a amiga a consultar um médico e aventou a possibilidade de as cólicas estarem relacionadas a infertilidade. Joana foi ao médico, que solicitou uma tomografia transvaginal. O resultado mostrou que existia uma deficiência na formação das trompas intrauterinas. Joana recebe um forte impacto e se abala. Um choque de realidade. Uma coisa é não querer ter filhos, outra coisa é não poder ter filhos. No fundo, Joana pensava que talvez um dia pudesse se interessar em ter uma criança, sempre pensando em Luiz Alberto. Achava que esta decisão poderia aproximá-lo dela, mas eram hipóteses soltas, habitavam o reino das conjecturas. Agora, com essa impossibilidade dada, o interesse vem à tona e é dizimado pela dura realidade. Depois de alguns dias, quando sua angústia cessou e o seu sofrimento aplacou, teve vontade de escrever para Luiz Alberto. Não para contar o fato, mas para ratificar sua decisão de não ter um filho com ele. Já estava escrito pelo destino, e ela não sabia, a sua impossibilidade de gerar um filho. Talvez um dia contasse.

MENSAGEM DE JOANA

Boa tarde, Luiz Alberto, espero que esteja tudo bem contigo. Resolvi escrever para você aqui na internet inbox, achei mais fácil e rápido. Me veio umas coisas que eu queria te dizer, e foi aqui mesmo. Gostaria de falar sobre o destino e os caminhos que a vida traça. Não é somente o livre-arbítrio, não! Muitas coisas que parecem ruins na verdade nos libertam. Muitas vezes nos livramos de um fardo e não sabemos. A vida se abre para você, curta cada momento e vá em frente. Eu estou bem, fique tranquilo. Quero tudo de bom para você, e saiba que nunca te esquecerei.

Um grande beijo.

Luiz Alberto, antes de receber a mensagem, havia comprado uma caixa de bombons para enviar a Joana. Não sabia ainda o que dizer no bilhete que pretendia enviar junto com a caixa. Então recebeu a mensagem de Joana como um balde de água fria na cabeça. Ele entendeu a mensagem de outra forma, como um distanciamento final e a confirmação da decisão de se separarem, não dando margem para um retorno. Pensou em jogar os bombons no lixo, mas se conteve.

Passados alguns dias, Luiz Alberto encontrou Sandra, a amiga do casal, em um supermercado. Conversando enquanto faziam as compras, a amiga comentou sobre a infertilidade de Joana. Luiz Alberto perdeu o jeito com a amiga, que percebeu. Ficou tocado, tentando absorver o impacto. Deu a desculpa de que tinha concluído suas compras, se despediu e retornou para casa, pensando e sofrendo por sua amada. Sentado na cozinha, tomando um café requentado, percebeu uma possível relação com a mensagem que Joana havia enviado. Buscou a mensagem e releu. Levantou-se com a xicara na mão, foi andando e, num monólogo carregado de aflição, falou: "Ela não quis contar e, sim, me afastar de qualquer compromisso com este fato, não queria que eu carregasse este fardo".

Sua sala estava silenciosa. Ouvia-se, ao fundo, vinda do apartamento do vizinho de baixo, a chegada das crianças da escola. Enquanto tomava lentamente o café, Luiz Alberto passou os olhos pela sala e encontrou no tampo da cristaleira, a caixa de bombons. Neste momento seus sentimentos transbordaram de contradições e arrependimento do que havia pensado, em função da atitude de Joana. Então Luiz Alberto resolveu presenteá-la. Enviou os bombons pelo correio, junto a um bilhete.

Querida Joana, você ainda está presente em todos os dias de minha vida. É muito difícil esquecer um amor tão grande. Sei que gosta dessa marca de bombom. Quando comê-lo, sinta o doce afeto que tenho por você. Mas tocar a vida para frente, como escreveu, não consigo imaginar sem estar próximo de você. Apesar de sua posição em relação a um filho, quero deixar claro que o sentimento que tenho por você ainda perdura, para além de qualquer outra questão. O que eu não quero é te perder de vista, nem que seja só para te encontrar e cumprimentá-la. Vai depender de você.

Com amor e afeto, Luiz Alberto.

Ele saiu do apartamento novo, logo depois de chegar o berço que havia comprado. Tinha marcado com Joana às 17h30. Chegou mais cedo para garantir sua mesa preferida. Hoje, o pequeno palco se encontrava desmontado, certamente por ser terça-feira. O bar estava vazio. Um garçom arranjava as mesas, algumas separadas, outras agregadas em duas, e bem poucas em três mesas. Luiz Alberto automaticamente observava, entre goles de cerveja, o trabalho do funcionário, quando desponta Joana meia hora após o horário marcado. Luiz Alberto não se zangava, sempre era assim quando marcava encontro depois do serviço de Joana. Enquanto ela se aproximava da mesa, Luiz Alberto contemplou a elegância de Joana, que, mesmo depois de um dia exaustivo de trabalho, mantinha radiante sua beleza. Conversaram sobre o dia e as coisas que ocorreram, amenidades, até que entraram no assunto, o motivo daquele encontro.

— Como você está se sentindo em relação ao Abel?

— Um pouco tensa. Não sei qual vai ser a reação dele quando chegar em casa.

— Está tudo preparado. O quarto montado, comprei alguns brinquedos para ele.

— Mesmo assim, não sabemos como ele vai se comportar.
Ele pega na mão de Joana, que logo se emociona, marejando os olhos e contagiando Luiz Alberto.

FIM

VIRGÍNIA

AS SANDÁLIAS E O MENINO - 29/09

Minha colega de apartamento comentou sobre as pessoas na rua, sem máscara em plena pandemia. O município relaxa as imposições por conta do comércio, o setor produtivo pressiona para o retorno e todo mundo acha que terminou a pandemia, voltando à "normalidade". Os dados mostram que estamos oscilando muito em relação aos números de casos e de mortes, as mortes até que diminuíram, mas os casos estão aumentando. Ela estava até nervosa quando contou. Falei para ela não se importar com isso e continuar de quarentena, saindo só para o necessário, inevitável. Mas é verdade, são muito perigosos esses afrouxamentos. Essa situação está causando uma tensão nas pessoas. Tem gente mais impressionada, que começa a criar manias, se precavendo em detrimento de uma vida minimamente normal. Elas muitas vezes adoecem não do vírus, complicando ainda mais o sistema de saúde. Depois de conversar sobre este assunto com minha colega, me recolhi para o quarto e me lembrei da novela.

Estou aqui para escrever por obrigação de ofício, não tenho nenhuma ideia prévia, mas estou feliz de estar aqui. Quando percebi que tinha mais de dez dias que eu não vinha escrever, me propus a vir com ou sem ideias. Estou há uns cinco minutos olhando para a folha e pensando. Acho que narrei meu silêncio. Estranho! Mas interessante.

Comecei a pensar em meu cotidiano. Além das narrativas de ficção que produziria para a novela, poderia encontrar algo do meu dia a dia que servisse como referência para uma escrita, então lembrei do meu vizinho.

❖

Em um domingo de verão, o calor estava infernal. No final do dia, tinha tomado dois banhos. À tarde resolvi lavar minhas sandálias, assim refrescava-me um pouco, mexendo na água. Não imaginava que elas estavam tão sujas. Peguei todas e, sem discriminação, lavei-as.

Tentava, naquele pequeno apartamento, simular o que eu vivia quando estava na praia. Coloquei um short, uma camisetinha e sandália de borracha. Tinha uma alegria em tudo aquilo, estava bem-humorada.

— Já que está com a mão na massa, você podia lavar essa sandália para mim? Só essa.

Disse minha amiga, me abraçando por trás e balançando a sandália na minha frente.

— Aproveita que eu estou no pique, mas não abusa.

Peguei a sandália e comecei a limpar.

— Este varal vai ficar bizarro, só com sandálias.

Falei sorrindo para ela, que logo saiu da área de serviço.

Quando estava pendurando os calçados, percebi o menino do apartamento da frente me observando. Ele deve ter perto de dezesseis anos, um gatinho. Quando eu cumprimentei, ele se assustou e respondeu o cumprimento sem olhar para mim. Buscando se desvencilhar o mais rápido possível daquele momento, para ele constrangedor, foi o que me passou. Ficou um clima no ar, não pude decifrar direito. Mas para mim estava claro. Nem pensar em me relacionar com moleque.

Tinha em minha memória a história de uma irmã mais velha de uma amiga no bairro onde morávamos. Ela com 25 anos se engraçou com um garoto de quinze anos, chegou a transar com o menino. A mãe do garoto descobriu e deu o maior B.O. Foi tomar satisfação com a garota e, não contente, foi falar com a mãe dela, ameaçando denunciar a menina por abuso de menor. O bairro inteiro ficou sabendo. O menino se revoltou com a família e fugiu de casa, mas, depois de quinze dias, voltou. Mas a irmã de minha amiga ficou marcada. O pessoal mais tradicional do bairro, por muito tempo, virava a cara para ela. Com o tempo as coisas voltaram ao normal, até um namorado da mesma idade ela arranjou.

Esse negócio de relacionamento com menor é muito complicado. Eu sei que a maioria dos assédios sexuais a adolescentes ocorre muito mais com garotas, mas os meninos também são assediados. É certo que essas situações são cercadas por muito preconceitos e moralismo. Mas o mais sério de tudo isso é o sentimento de quem sofreu o abuso, menino ou menina. Uma experiência sexual com um adulto leva o jovem para um terreno desconhecido, que pode afetar fortemente seus sentimentos. A agressão, intimidação, o estupro, não tem nem conversa, é crime. Mas, mesmo com a anuência do jovem, por exemplo, uma possível rejeição pode marcar para sempre a sua expectativa no que concerne aos relacionamentos afetivos/sexuais. Os jovens agem por impulso, inocência, não medindo as consequências de suas decisões. Acreditam na conversa do adulto, são seduzidos, depois "caem na rua da amargura". A gente sabe de tudo isso, nem todos é claro, mas às vezes somos pegos por nossas carências e necessidade de afirmação, e então fazemos merda.

Um dia, ele bateu em casa e eu atendi. Olhou para mim um pouco nervoso e me deu uma caixa de bombons, me desejando feliz Dia dos Namorados. Eu aceitei o presente, hesitei um pouco, pensando no que fazer, então dei um beijo em sua testa. Ele me olhou com uma cara estranha, não entendeu muito bem o que aquele beijo maternal significava, mas não desgostou. Quando fechei a porta, algo estranho começou a me consumir. Me senti uma *titia* moralista, e isso me incomodou muito. Mas, ao mesmo tempo, não poderia abusar dos sentimentos do menino, criar expectativas nele em relação a mim. Existia em mim uma outra Virgínia? Com um arquétipo de mulher mais velha, impossibilitada de certas coisas, de certos "abusos". Para completar, tinha a lei nisso tudo. Abuso de menor é crime. Esta referência legal fechou o conflito que vivi. De vez em quando trocava olhares com o menino, pela janela, com sorrisos e comprimentos amáveis.

Em uma sexta-feira fui para uma gafieira, para dançar e beber. Um moreno bonito, por volta dos quarenta anos, me chamou para dançar várias vezes. Eu estava me divertindo, até o momento em que ele me chamou para sair e irmos para um lugar mais sossegado. Já com algumas cervejas na cabeça, eu disse:

— Não, eu não quero, não, só vim para dançar... e beber cerveja também.

Dei um sorriso meio amarelo para o homem e fui para minha mesa. Pedi uma última latinha, curti algumas músicas, dançando sozinha em volta da mesa, e logo fui embora. Resolvi voltar a pé, não era muito longe, e eu queria respirar. Cheguei, abri a porta do prédio e avistei meu vizinho gatinho já dentro do elevador. Ele foi jogar banco imobiliário na casa de um amigo. Depois de muita Coca-Cola e pipoca, já de madrugada, eles terminam o jogo e ele voltou para casa, me contou.

Pedi que ele segurasse a porta para mim, enquanto eu me aproximava do elevador. Uma luxúria transbordou do meu corpo, que me fez sorrir maliciosamente e acariciar o menino, agradecendo a gentileza já na entrada. Quando a porta se fechou, antes que ele apertasse o botão do andar, eu falei:

— Aperta para o último andar.

Dei um sorriso sedutor e já me aproximei de sua boca. Só interrompemos o beijo quando o elevador parou no último andar. Então percebi o ato impensado que fiz e falei com uma cara meio sem graça:

— Agora, sim, pode apertar para o nosso andar.

Continuamos nos cumprimentando pela janela de vez em quando, mas eu!

Nem pensar em me relacionar com adolescente.

Continuei cumprimentando formalmente o menino, não dei mais nenhuma margem, para não criar qualquer expectativa em relação a mim. Pelo que percebi, meu deslize não trouxe maiores consequências para ele. É o que eu espero. Nunca se sabe.

FIM

NOTA: Essa história, embora contada por mim, é uma ficção que se baseia em uma história real.

MÊS II

BRUNO

AVENTURA DE ADOLESCÊNCIA - 09/10

Cheguei da rua com fome, mas não tinha nada pronto, nenhuma mistura, então resolvi fritar um ovo e comer com pão e um suco. Depois da preparação e de dar um jeito na cozinha, sentei-me como um rei para fazer a minha refeição. Quando ergui o copo para beber o suco, avistei a janela com um colorido especial. Foi uma refeição carregada de magia produzida por aquele portal. A janela estava toda aberta, deixada para secar a roupa recém-lavada.

No céu ainda havia resquícios do dia. Um azul alaranjado anunciava a entrada da noite. Essa paisagem vinha pela janela da lavanderia, a maior do apartamento, que eu avistava da cozinha.

Quando estava terminando de comer, percebi o cintilar de uma estrela vindo da janela. Aquela imagem me fez lembrar uma aventura de adolescência.

Fizemos uma viagem em turma, estávamos em sete pessoas, dois casais mais três colegas. Eu e minha namorada na época fizemos a viagem de moto. Enquanto íamos para a cidade de Bonito, paramos para dormir em uma pequena cidade, cujo nome já não me lembro, mas ficava no estado do Mato Grosso do Sul. Um dos colegas do grupo conhecia uma pessoa nessa cidade, que emprestou sua chácara para dormirmos.

Procuramos naquela pequena cidade até encontrarmos a casa do amigo. Nosso colega passou em alguns estabelecimentos, buscando alguém que conhecesse o rapaz. Logo encontrou, pareceu que ele era popular na cidade. Chegamos a uma casa, o rapaz nos cumprimentou de longe e nosso amigo entrou na casa. Aguardamos um pouco, então ele retornou com um imenso molho de chaves. Para abrir a porta da frente, tivemos que enfrentar umas duas dezenas de chaves. Usamos como critério a marca do miolo e da chave. Passamos por todas da mesma marca. Umas não entravam, outras entravam, mas não abriam, isso gastou um bom tempo. Então selecionamos as que entravam e tentamos encontrar algum macete em todas elas e nada! Então me veio uma questão: e se a chave e o miolo não forem da mesma marca? Testamos assim todas as outras chaves e logo encontramos a certa.

Estávamos todos famintos. No freezer encontramos um arroz carreteiro congelado. Descongelamos e esquentamos no micro-ondas. Dividimos fraternalmente toda a comida.

À noite, depois de todos instalados, banhados e satisfeitos, fomos para o píer de um lago que havia na propriedade com uma garrafa de pinga com mel que encontramos no armário da cozinha. Fomos todos. O dia tinha sido bem quente, mas à noite esfriava bastante. A pinga circulou no grupo até acabar. O frio estimulava o gole. Enquanto andávamos em direção ao píer, lembro-me daquela paisagem noturna, onde imperavam as sombras e o escuro. Havia postes que irradiavam uma luz de um amarelo-claro. No lago, a luz rebrilhava trêmula e silenciosa. O que ouvíamos era o som da mata naquela noite escura. Em uma natureza colorida de sons.

No céu despontavam estrelas com um brilho que chamou a atenção de todos. Uma conjugação de céu limpo e o ambiente regido pela escuridão da noite nos trouxeram um contraste ímpar das estrelas.

Sentamo-nos todos e ficamos em silêncio por um bom tempo. Alguns comentários esparsos aconteciam em forma de murmúrio. Um momento sacralizado, meditativo. Do que precisávamos, depois de um dia inteiro na estrada. A natureza trouxe o equilíbrio para nós naquele instante. Uma sensação de irmandade bateu em todos. Certamente por conta de estarmos naquele lugar, naquela hora e com ótimas companhias.

Estávamos iniciando uma grande jornada, íamos para a cidade de Bonito, Mato Grosso do Sul, e de lá deslocaríamos para a Chapada dos Guimarães, em Mato Grosso. Um dos colegas conhecia um professor de história, de São Paulo, que se formou na USP e prestou concurso na escola pública no município.

Em Bonito resolvemos acampar na Ilha do Padre, no rio Formoso. Naqueles tempos, ainda podia-se acampar por lá. Hoje é uma área de reserva natural. Eu estava com minha namorada. Tínhamos levado uma pequena barraca para duas pessoas. Montamos um acampamento com quatro barracas de forma circular. No centro, acendemos uma fogueira para nos aquecer. Estava muito frio, era inverno. De dia fazia calor; de noite, muito frio, principalmente por estarmos bem próximos ao rio. No outro dia fomos à cidade para comer. Encontramos uma lanchonete, era a única do lugar. O proprietário nos atendeu muito bem. Quis saber de onde éramos, o que fazíamos, muito simpático. Lá pelas tantas, ele nos convidou para conhecer a fazenda dele. Pois é! O homem era um grande fazendeiro, que montou a lanchonete para ter o que fazer, com quem conversar, disse ele. No outro dia de manhã, estávamos na porta da lanchonete aguardando o fazendeiro chegar, para nos levar à fazenda. O lugar era lindo. A sede foi construída em um platô, rodeado por um pequeno rio, bem caudaloso. Quando fomos nos banhar, pudemos observar o paredão do platô, com cerca de quinze metros. Nele havia samambaias e avencas naturais que, com os musgos incrustrados na parede de terra, formavam uma paisagem cenozoica.

Ficamos perto de uma semana no Mato Grosso do Sul, então rumamos para a Chapada dos Guimarães. Fizemos a viagem em dois dias, cerca de mil quilômetros. Quando chegamos, o professor de história, cujo nome eu não lembro, não estava, mas conseguimos a chave da casa e nos alojamos por dois dias sem a presença do proprietário, que estava viajando de moto com sua namorada. Apenas um dos colegas o conhecia. Na noite em que iam chegar, fizemos um jantar de recepção para eles. Um casal muito legal. Foram dias maravilhosos. Conhecemos cavernas, fomos à escarpa da chapada curtir o pôr do sol. Foi uma viagem inesquecível.

Olhei novamente para a janela e já era noite feita, com estrelas reluzindo. Coloquei o prato e o copo na pia e fui ao banho. No banho, o sentimento de paz e de descanso que senti naquele píer, bem como a lembrança da viagem ao Brasil central estavam carregados em mim. Logo depois de me vestir, fui para a mesa escrever essas linhas.

VIRGÍNIA

PAIXÃO INSTANTÂNEA - 16/10

Cheguei em casa com os músculos do braço detonados. Tinha andado três quarteirões carregando os sacos de compra do supermercado. Saía do trabalho, pegava o ônibus e tinha que descer um ponto antes para ir ao supermercado. Não valia a pena pegar o ônibus para andar um ponto. Geralmente, fazia compras picadas todas as semanas. Comprava o que dava para carregar. Minha colega de apartamento tinha mais sorte. Próximo à firma onde trabalhava tinha um supermercado. Ela comprava e voltava de ônibus com as compras, o que era muito incômodo, dizia ela.

Coloquei tudo na pia e me sentei. Estava um sábado quente, ainda de manhã, fim da manhã. Respirei um pouco, então minha colega chegou à cozinha e já se dispôs a guardar as compras. Estava animada, querendo contar algo. Enquanto guardava as compras, começou a comentar sobre um clima que rolou no trampo com um garoto que sempre entregava mercadorias na empresa. Valorizou o menino, dizendo que ele era esforçado, trabalhava e estudava, e tinha entrado na universidade pública em um curso difícil de entrar, arquitetura. Dos contatos frequentes com o menino, foi aparecendo um clima, uma libido gostosa, ela falou. Contou que ontem ele a convidou para sair. Vão se encontrar domingo à noite num barzinho. Ela continuou falando do garoto, sua voz, seus trejeitos com o cabelo, falou que ele tem uma fala firme, de quem não leva desaforo para casa, mas de perfil manso no dia a dia. Falava como se ela conhecesse intimamente o cara há muito tempo. Estava sonhando, enebriada de amor, mas percebeu e amenizou os elogios. Me pareceu que seu silêncio era por conta da elaboração de uma autocrítica em relação ao seu comportamento infantil, então mudou de assunto, comentando que ele precisava trabalhar para dar uma força para a sua mãe, que se aposentou e isso diminuiu o rendimento familiar. Seu pai tinha morrido e quem arcava com a casa era a mãe. Minha colega enfatizou com orgulho que ele não achava isso um problema. Ele apenas estava agora dividindo as despesas com a mãe. Pareceu para ela que ele era muito grato pelo esforço que a mãe fez para educá-lo. Depois que terminou de guardar as compras, conversamos mais um pouquinho, e ela foi tomar banho. Aqui em casa nos damos muito bem. Compramos as coisas da casa, guardamos as notas e no final do mês calculamos quem paga para quem, tudo tranquilo, sem crise. Como quem vai fazer o almoço é minha colega, decidi escrever um pouco. Tenho que produzir mais. Já estamos no segundo mês. Às vezes penso no outro escritor deste livro. Será que ele está atrasado?

Essa conversa com minha colega me fez lembrar de uma amiga que estava namorando há quase seis anos, já tinham acertado o noivado, o menino já tinha até comprado os anéis de noivado.

Ela tinha conhecido o menino na adolescência. As famílias se relacionavam, seus pais iam sempre jantar na casa do seu quase noivo. Os pais dele iam na casa dela também. Os dois perderam a virgindade juntos. Menino tímido. Muitas vezes era minha amiga que tomava a iniciativa. Ela muito mais fogosa do que ele. Ela chegou a desconfiar de que ele era homoafetivo. Ele tinha um amigo da academia e ela desconfiava dos afetos deles. Ele nunca disse nada a respeito disso. Mas existia algo forte que interferia na relação. Era a anuência do namoro pelos pais de ambos. Aquilo incomodava minha amiga. Depois de um tempo, ela já não reclamava de nada, levava a relação na inércia de um cotidiano tutelado pelos pais. Por pressão das famílias, o noivado foi aventado. O menino foi a primeiro a aceitar, ela, sem maior entusiasmo, também aceitou. As mães, mais do que depressa, começaram a organizar o noivado. Buffet, padre, conjunto musical. Tudo já estava contratado, a data já definida, então algo no seu destino estava prestes a acontecer. Um dia, numa compra no supermercado, enquanto observava o preço dos produtos, um rapaz se aproximou, ficou um tempo também observando os produtos, de repente falou para ela que estava muito impressionado com sua beleza e sua boa aura, que ela tinha passado para ele uma energia muito boa e que ele queria conhecê-la melhor. Minha amiga disse que olhou para os olhos do menino e sentiu uma confiança em suas palavras, uma serenidade que vinha do coração. Ele já foi pegando o celular e perguntando seu nome, ela disse, já passando o telefone. Contou que não hesitou em nenhum momento em passar as informações. Foi arrebatador! Encontraram-se algumas vezes, até que ela transou com ele. Depois disso, não demorou para desmanchar com o quase noivo.

    Sua decisão trouxe muito ruído à família, seu pai reclamou dos gastos já dispendidos para o noivado. A situação ficou insustentável. Seus pais atribuíram ao novo namorado o rompimento do noivado. Ela tentou aproximar o rapaz de sua família, mas foi em vão, ele era hostilizado de forma velada. Evitavam falar com ele, a mãe impunha um olhar reprovador sempre que podia. Só sua irmã mais nova a apoiava. Então minha amiga resolveu sair de casa. Morou provisoriamente na casa do namorado por alguns meses, depois alugou um pequeno apartamento para morar. Pelo que eu sei, ela ainda está com ele. Não quiseram se casar, mas estão juntos já há algum tempo.

Se der certo este menino e minha colega de apartamento, e eles resolverem ficar juntos, estarei em maus lençóis. Não vou torcer contra, ela é minha amiga e tem todo o direito de ser feliz. Mas, se eles começarem a se relacionar, já vou procurar quem queira morar aqui comigo, ou talvez até sair do apartamento. Mas estou especulando demais. Acho que fiquei com ciúmes. Eu nem conheço o menino, se ele vier morar aqui, pode até dividir as despesas, e também é mais uma companhia. É bom sempre ver os dois lados da moeda, sem preconceitos. Deixar as coisas acontecerem para poder decidir.

O almoço está começando a cheirar bem, vou ajudar minha colega, estou com fome, acordei muito cedo. Essa história já valeu o texto do dia.

BRUNO

UM PONTO NA MINHA HISTÓRIA - 22/10

Hoje me levantei de madrugada e não consegui mais dormir. Logo vim para a mesa, com a esperança de que, olhando para a folha e pegando a caneta, uma boa ideia viria. Mas, não! Como o tempo é inelutável neste projeto de noventa dias em que devo produzir narrativas literárias, tenho que ter calma e colocar a cabeça e o coração para "girar este moinho". Esperei um pouco e, como não queria ficar sem escrever nada, resolvi começar contando isso.

Fui beber uma água e retornei com um pensamento sobre minha relação com o mundo e do mundo comigo. Não pedimos para nascer, nascemos e morremos. No meio disso existe uma história. Primeiro, a nossa história, depois, aquela que nos foi contada e recontada. Alguns dizem que a história ensinada para nós é a história dos vencedores. Existem as histórias, os fatos e aqueles que contam. E nós estamos no meio disso. Nascemos e já nos tornamos história, que pode ou não ser contada, vai depender daquilo que você fez. É certo que sempre haverá alguém que contará uma história de você, nem que seja sua mãe contando para sua tia. Hoje vou contar um pouco da minha história.

Minha mãe eu nem conheci. Depois de três meses do meu nascimento, ela desapareceu e nunca mais ninguém a viu. Meu pai nunca me explicou o que aconteceu, e eu nunca tive coragem de entrar nesse assunto. Meu pai se encarregou de me criar, junto com uma empregada que, como mulher e mãe de dois filhos, deu o devido cuidado para mim. Meu pai aumentou seu salário, por conta da nova atividade de babá. Ela ficou conosco por muito tempo, não sei dizer ao certo quanto, mas me lembro dela quando tinha dez anos. Meus amigos da escola gostavam dela, porque, quando eles iam em casa, ela sempre fazia alguma comida gostosa. Sempre pedia para eu avisar quando eles viriam para poder fazer bolos e pudins. O preferido dos meus amigos era o bolinho de chuva e café com leite, que tomávamos depois de fazer a lição e brincar. Ela gostava de falar do filho que tinha morrido, de como ele era e de que ela não teve culpa por sua morte, foi um acidente que ocorreu, mas não por sua negligência, dizia. Ela sempre repetia esta história, e, toda a vez que ela contava, eu via uma aflição em seus olhos, uma angústia reprimida, isso me marcou. Desde aquela idade, sempre desconfiei de que ela realmente deve ter tido alguma culpa. De uma hora para outra, ela resolveu ir embora, foi para a casa da irmã no interior de Pernambuco.

Meu pai era jornalista, trabalhava muito, então resolveu me colocar em um colégio semi-interno. Todos os dias perto das 18h, ele me pegava na escola. No começo, até os quinze anos, a alimentação em casa era desregrada, meu pai pedia muita comida fora. O que salvava era que eu comia na escola, e lá a comida era balanceada. Tinha uma cozinheira muito legal. Ela sempre conversava com os alunos para saber se a comida estava boa, uma ótima profissional. De uma hora para outra, meu pai começou a se interessar por culinária. Comprou livros, alguns utensílios de cozinha, e com isso comecei a comer melhor em casa. Me relacionava bem com meu pai, nunca houve grandes desavenças entre nós. Ele sempre estimulou a leitura. Quando eu já estava mais adulto, ele tinha o costume de comprar um livro e líamos os dois, cada um com seu marcador. Quando terminávamos, meu pai preparava um jantar em casa para discutirmos sobre o livro, era um ritual que ocorreu várias vezes. Ainda hoje ele indica livros para mim, cada um compra o seu, e quando terminamos, ele me convida para jantar e discutir o livro. Certamente isso influenciou minha decisão de escolher estudar Letras na graduação e Comunicação no mestrado. Da leitura para a escrita foi uma transição natural. Ainda adolescente comecei a escrever, primeiro pequenas histórias, depois poesias. Mais recentemente, organizei um blog sobre literatura, e lá sempre estou escrevendo. Quando consegui um emprego em uma agência de propaganda, resolvi sair de casa e constituir um lar, ter minha própria casa. Minha saída foi pacífica, ele entendeu meus motivos. Sempre visito meu pai, e de vez em quando ele vem aqui. Continua cozinhando muito bem, o que me anima a ir visitá-lo. Nossas conversas sempre são boas. Ele evita discutir problemas comigo, gosta de aproveitar nossos momentos com alegria e bom humor. Sou eu que trago às vezes minhas inquietações, e ele, de pronto, as discute.

FIM

Quando resolvi contar um pouco essa história, meu pai veio me visitar. Que gatilho foi disparado para que isso ocorresse? Será que ele estava pensando em mim, quando decidi escrever? Esta possível influência foi instantânea, ou ficou circulando no éter? A temporalidade desta possível influência é diferente deste tempo real em que vivo? Fiquei parado com os olhos no texto, refletindo.

A visita de meu pai foi agradável. Pedi uma pizza de uma pizzaria mais requintada, que tem massa fina, como o meu pai gosta. Coloquei um vinho no congelador até que a pizza chegasse. Foi quando contei para ele sobre o projeto da novela e comentei da coincidência de sua vinda com a produção deste capítulo que estava escrevendo. Então ele me falou de um sonho que teve comigo, no qual eu era um vendedor de jornal, daqueles que vendem jornal na rua anunciando as manchetes, como aparecem em alguns filmes americanos. No sonho, ele se aproximou de mim. Quando eu percebi sua aproximação, saí andando com passo apressado, evitando o contato. Conversamos sobre o sonho e a relação entre o sonho, a escrita do capítulo e a visita. Achamos que existia algo, mas não chegamos a uma boa explicação. Meu pai me disse para eu deixar o tempo clarear as coisas. Novos fatos poderiam aparecer e dar novas pistas. Logo depois que meu pai foi embora, retornei para este capítulo.

Acho complicado falar sobre mim. É como assistir a um vídeo que eu fui filmado, no qual eu ouço a minha voz, é meio estranho. Mas, depois que está escrito, que eu passo os olhos no texto, já não sinto este estranhamento, se torna um texto como qualquer outro. O difícil é pôr no papel, mexe com algo dentro de mim.

Contei aqui uma ínfima parte de minha história. Comecei com minha mãe e terminei com meu pai. Esta escolha, certamente não é por acaso. Embora sem uma intenção *a priori*, minha história só existe por causa deles.

VIRGÍNIA

A ESTERILIDADE VELADA - 24/10

Às vezes, quando busco uma imagem para alimentar uma narrativa, me vêm da memória as lindas paisagens daquele sítio, daquela região, da minha infância e as boas pessoas que por lá habitavam.

Era mês de maio, andava em uma trilha no sítio de uma tia, irmã de minha mãe. A tia Lais. Eu era pequena, nove anos. O trajeto era sinuoso, e isso trazia uma beleza, me lembro disso, de ter parado no pico de uma colina e avistado a estrada circundando aquela pequena serra. Foi o dia que andei mais longe. Nesse dia aprendi, na prática, que devemos considerar o tempo e o desgaste que teremos para o retorno. Fui chegar na sede do sítio de noitinha, com meus tios preocupados. Tomei uma dura e fui direto para o banho, pois logo o jantar seria servido.

Ia passar quinze dias por lá. Gostava de acordar cedo para acompanhar a ordenha das vacas. Tinha uma gata, a Miminha. Ela havia parido cinco gatinhos recentemente. Na hora da ordenha, o leite que escapava formava algumas poças brancas na terra amassada do estábulo. Na hora da ordenha, os gatinhos corriam para beber o leite empoçado. Quando eu via os gatinhos chegando, eu corria para pegá-los. Um dia o peão me repreendeu e explicou que os gatinhos iam para lá se alimentar, disse que eu poderia brincar com os gatinhos depois que eles comessem. Me lembro que não fiquei brava com o homem, entendi.

A tia Lais era muito atenciosa, mas tinha os olhos tristes, não era de muita conversa. Lembro que meu tio era bravo, tinha uma fala ligeira e objetiva. Sempre cobrava as coisas dos outros, quase sempre quando falava era para reclamar.

Minha tia se apaixonou pelo meu tio, um sitiante, pequeno proprietário. Optou pela vida no campo. Eu gostava de passar alguns dias com eles. Eles não tinham filhos. Todos falavam que minha tia era estéril. Mas um dia, escondida, ouvi uma conversa entre meus pais na qual minha mãe dizia que minha tia não era estéril. Minha mãe, com uma firmeza no verbo, dizia que não havia nenhum caso na família, já pelo lado do marido, tinha um tio dele que também nunca teve filho. Ouvi minha mãe dizer que orientou minha tia a fazer um exame para que eles realmente soubessem de quem era o problema, mas minha tia não quis mexer com isso, foi o que eu entendi! Minha mãe falou que meu tio era machista e que, se constatasse que o problema era com ele, não teria estrutura para suportar esta situação. Isso é o que minha tia Lais falava, dizia minha mãe, que relutava, mas acatava. Meu pai defendia minha tia, falava que ela foi sábia, e eu não sabia o que era sábia, lembro até hoje.

Eles eram muito atenciosos comigo. Depois que ouvi aquela conversa dos meus pais, achava que a atenção dada a mim era por não terem um filho. Eu ficava imaginando aquele homem tão bravo, cheio de ordens, e não podia ter um filho. Será que ele era bravo assim porque era estéril? Depois dessa conversa que ouvi atrás da porta, meu relacionamento com eles mudou. Eu evitava meu tio, comecei a não gostar dele. Depois de mais velha, vi que era besteira. Nenhum dos dois sabia de onde vinha a esterilidade.

Com o tempo, fui ampliando meu círculo de amizades. Já um pouco mais velha, conheci Roberta, vizinha do sítio. Minha tia passou a deixar eu ir ficar de tarde com a Roberta. Ela tinha hábitos e costumes bem diferentes dos meus, mas nós nos complementávamos e aprendíamos bastante uma com a outra. Certa feita, estávamos fazendo o lanche da tarde na casa de Roberta, quando sua mãe disse:

— É bom você vir de vez em quando visitar sua tia. Ela gosta de criança, pena que não pode ter filho, tenho muito dó. Somos amigas, mas nunca toco neste assunto, é muito delicado.

— Mas o problema pode ser com meu tio, ninguém sabe.

Falei num ímpeto, sem medir as consequências. Pré-adolescentes ainda não têm a régua para medir as consequências dos seus atos.

— Mas ela não fez exame para saber?

Perguntou curiosa a mãe de Roberta.

Neste momento percebi que estava entrando em um terreno perigoso e que não deveria ter levantado esta questão, então resolvi dissimular:

— Isso eu não sei, provavelmente deve ter feito algum teste, é verdade.

Roberta foi uma de minhas amigas na pré-adolescência. Depois nos distanciamos.

Há pouco tempo fui visitar minha tia e perguntei por Roberta. Ela me disse que a menina, agora mulher feita, ainda morava com os pais. Resolvi ir visitá-la. Quando cheguei, percebi que a sede continuava igualzinha àquela que conheci na pré-adolescência. Bati palmas para me anunciar, demorou um pouco, então veio Roberta me atender. A reconheci na hora, mas ela não. Depois que me apresentei, ela se lembrou de mim, me abraçou forte e convidou para entrar. A casa não havia mudado. Parecia que aquele lugar tinha parado no tempo. Roberta guardava a mesma forma de ser. Seus trejeitos, a entonação de sua voz, sua risada, seu olhar acanhado, mas hoje era uma mulher. Não se casou, não saiu da casa dos pais. Era submissa e dependente deles. Teve alguns namorados, mas nunca se envolveu nas relações. Seus pais já eram idosos. Perguntei o que ela iria fazer depois que os pais morressem. Ela não soube me dizer. Para ela não existia futuro. Vivia um cotidiano sem novidades, sem graça. Saí de lá melancólica, com uma ponta de tristeza. Lembro que naquela noite, antes de dormir, pensei em Roberta e comecei a chorar.

Aquele convívio no campo com meus tios, com as pessoas que vivem lá e com aquela natureza exuberante foi muito importante. Percebi lá que na vida campestre existia uma forma diferente de ver o mundo. As pessoas eram mais tranquilas, mais afetivas e isso alargou meu horizonte, trouxe mais parâmetros para entender as coisas da vida. Sempre quando posso, visito minha tia, que já está bem idosa. Meu tio já faleceu, e ela mora ainda no sítio com dois empregados. Vive do que produz no sítio e da renda que o marido deixou.

VIRGÍNIA

O OLHAR SINCERO - 27/10

Hoje me irritei com minha chefe. Fiz uma checagem de estoque e constatei a falta de alguns produtos. Quando a informei, ela desconfiou de todos da empresa, inclusive de mim. Já irritada ela disse:

— Não é fácil tocar uma empresa. Estamos sujeitos a ataques constantes tanto de fora quanto de dentro. Temos que ficar de olho em tudo e em todos!

Falou olhando para mim com uma expressão que me desagradou.

Na hora não tive resposta, fiquei elaborando. No meio da manhã, fui à cozinha tomar um café e lá estava minha chefe. Tomei coragem e disse a ela que tinha me incomodado com a desconfiança que ela demonstrou, com o olhar inquisidor que direcionou a mim. Falei que, se não houver confiança mútua, não existe clima para trabalhar. Tão logo terminei de falar, ela pegou no meu braço com vigor, olhou dentro dos meus olhos e me pediu desculpas, dizendo:

— Quando eu falei estava com raiva do mundo e meu olhar encontrou você, estava cega de raiva, me desculpe. Não desconfio de você, tenha certeza!

Sua sinceridade expressada pelo olhar e pela fala dissipou todo meu incômodo. Vim pensando nisso, enquanto voltava para casa. Estava refletindo sobre o olhar sincero, sobre como é importante distinguir e valorizar esse olhar. Desci num ponto antes para passar no mercadinho. Estava cheio e com fila para pagamento. Na mesma gôndola em que eu estava, tinha uma mãe com seu bebê, que aparentava ter uns seis meses, escolhendo um potinho de queijo *petit suisse*, enquanto eu pegava um iogurte com bom preço. Num dado momento, virei em direção aos dois e encontrei o menino me observando. Quando ele percebeu que eu estava olhando, abriu um sorriso largo e sacudiu os bracinhos. Aquilo foi arrebatador. Tive a plena consciência de que aquele ser humano tinha gostado de mim e instantaneamente dei tchauzinho para ele. Sua mãe percebeu a comunicação entre nós e abriu um sorriso meigo, que eu retribuí. Naquele instante meu humor mudou, senti dentro de mim uma felicidade. Recebi uma dose de humanidade.

Voltando para a casa a pé com as sacolas de compra, tinha o andar vagaroso e pensativo, o passo lento me dava a segurança para refletir. Que sincronicidade maravilhosa foi, depois de ter refletido sobre o olhar sincero, ter a experiência comprovadora do fato propiciada por aquela criança, e como não mencionar também a atitude da mãe. Todo aquele encadeamento trouxe uma alegria exuberante ao meu ser. Isso me levou à fronteira da rotina para quebrá-la. Próximo à minha casa, parei num barzinho, sentei na mesa de fora, coloquei as compras na cadeira e pedi uma cerveja puro malte e uma porção de amendoim.

Resolvi me presentear com um *happy hour* antes de subir para a rotina de casa. No terceiro copo fiquei pensando no que levava os homens, ou melhor, a humanidade, a tanta violência. Tem a ver com poder, eu sei. Mas pensei: *ninguém deveria morrer pela mão de outro homem, ou mulher*. Pedi mais uma ampola, como diz um amigo de trabalho. Tomando o primeiro copo da segunda cerveja, resolvi buscar na minha memória os momentos de olhar sincero que me marcaram. Logo lembrei de quando Janaina, que na época tinha dezesseis anos, ficou grávida.

Certa vez, em seu quarto, ela olhou para mim com os olhos marejados e disse:

— Eu não quero matar o meu filho, mas eu não tenho condições de criar. Vou tirar.

Seu conflito escancarava a verdade dita por ela. Me lembro que a abracei, ficamos um bom tempo abraçadas, ela chorava e soluçava o tempo todo. Foi um dos momentos mais tristes de minha vida. Mas sinto que fiz o bem, amparando-a naquele momento tão difícil. Seu sofrimento não deu margem para qualquer dissimulação. Ela estava repleta de tristeza.

Como em um transe, retornei para meu copo. Continuei procurando em minha memória outro momento de olhar sincero e lembrei do meu aniversário de 15 anos, quando meu pai, no meio da festa, me encontrou sozinha na cozinha. Ele elogiou a festa, disse que gostou de meus amigos que vieram, e por fim falou:

— Você está se tornando uma mulher.

Lembro que retruquei afetivamente.

— Não sou mulher, sou uma adolescente.

— Eu sei disso, mas biologicamente você é uma mulher... pode ter filhos!

Ele chegou pertinho de mim, pegou nos meus ombros e disse:

— O que eu quero é que você não sofra desnecessariamente, mas quero que fique claro que eu sempre estarei com você. Conte comigo.

Me abraçou, me deu um beijo na bochecha. Lembro que ele pegou no meu longo cabelo e foi deslizando na mão e olhando para mim com um sorriso terno e profundo, acompanhado de um olhar sincero.

O olhar sincero não tem valor em si. Você pode ficar feliz, alegre ou triste, pensativo. O que este olhar traz é um atestado de fidelidade, de segurança para sentir suas emoções, você se deixa levar com mais facilidade, mergulha na relação com mais profundidade. Mas muitas vezes somos enganados, vemos sinceridade onde não existe. Até onde podemos confiar nas pessoas? Acho que a vida vai nos dando parâmetros, temos que aprender com os erros, aguçar nossos sentidos. Se você desconfia demais, tende a se tornar uma pessoa solitária. Se você acredita demais nas pessoas, pode facilmente ser embromada e sofrer com isso. O meio-termo, sempre o meio-termo como parâmetro. Para mim vale a intuição. Comigo acontece muito com os pedintes. Na maioria das vezes evito dar esmola, mas, em alguns casos, dou. Além da intuição, tem a predisposição de acreditar, por conta do seu estado de olhar sincero.

Paguei a conta e dei a gorjeta para a garçonete em suas mãos. Ela olhou para mim, pegou o dinheiro e agradeceu. Achei que o olhar dela foi sincero. Dei a gorjeta para ver o seu olhar. Não tenho costume de fazer isso.

Cheguei em casa, toquei a campainha e minha colega abriu a porta. Coloquei as compras na mesa, olhei para ela e perguntei:

— Você acha que o meu olhar é sincero?

Ela olhou para mim e sorriu.

BRUNO

O AFETO ORIGINAL - 26/10

Saí com amigos do blog de literatura para tomar uma cerveja, passaram em casa para me pegar. Quando estávamos retornando, no carro, um dos colegas apresentou um *microponto* para todos. Ácido, alucinógeno. Eu tomei. Quando fazia dez minutos que eu tinha chegado em casa, começou a bater. Um ácido fazendo efeito, e eu em meu quarto. Tinha *flash*s, depois retornava. Lembro de ter ido buscar um copo d'água na cozinha, fiquei um tempo lá no escuro, não acendi as luzes. Voltei para o quarto e dormi. Quando acordei lembrava da noite passada de forma fragmentada. Levantei e, no meio do espreguiçar, percebi um papel escrito na mesa, pensei em pegar, mas um café falou mais alto, fui para a cozinha prepará-lo.

Como disse, lembrava a noite passada de forma segmentada. Sentei e observei a mesa oval de resina negra repleta de livros abertos, recortes de jornais e revistas. No canto esquerdo havia um miniestúdio para digitalização e pós-produção dos recortes e imagens justapostas, trabalhos que eu produzo para o blog.

Afastei uns papéis e assentei a xícara de café. Estava meio sonado, mas intrigado com o escrito que havia deixado sobre a mesa do quarto na noite passada. Num impulso, levantei e fui ao quarto pegar o texto. Retornei para o café, que estava mais frio, para o meu pesar. Tomei o estimulante e comecei a ler o texto que havia escrito sob efeito de ácido em meu quarto de madrugada.

Morfeu se encontra trancafiado na masmorra do castelo dos sonhos. O maior sonho se realiza neste momento, neste contraste. Acentos diferentes, em momentos diferentes. A grande obra do acaso, tudo sem a mão do homem.

Resolvi analisar o texto. A primeira coisa que apareceu foi Morfeu. Então busquei conhecer um pouco melhor este Deus grego.

Morfeu derivava pelo espaço terrestre com suas asas. Transitava calmamente pelos lugares. Ele tinha o dom de se apresentar na forma humana e em outras tantas. Ocupava o sonho de quem quisesse. Tinha a responsabilidade de induzir sonhos nos mortais.

Com estas informações, pensei: trancar Morfeu quer dizer que não é hora de sonhos. É preciso absorver cada instante com o acaso regendo os fluxos, algo assim. Acaso ou destino? Falo em acaso e lembro das probabilidades. Sobre o destino, já é mais metafísico, esotérico. Mas as duas perspectivas se entrelaçam e estão presentes em nossa vida. Aquele papel, escrito na madrugada, me fez refletir.

Nem tudo é por acaso. O acaso é nosso atestado de incompetência. Usamos para designar aquilo que não entendemos, que não conhecemos, mas tem autonomia, é certo, figura como um agente em alguns momentos. Como "agentes da ação". O destino, por sua vez, é traçado por linhas soltas que vão aparecendo na vida de uma pessoa. Destino e livre arbítrio se completam, dando a forma, um caminho para a existência. Assim fui filosofando sem receio, buscando um sentido para as coisas, para a vida, a partir daquele evento.

O sininho do celular quebrou meu devaneio. Uma mensagem *inbox* no Facebook. Era um amigo de adolescência.

> Então, Bruno, estava mexendo em minhas coisas e encontrei uma foto nossa. Em um sábado de manhã, que fomos ensaiar

uma peça de teatro na escola, lembra? Então resolvi te procurar. Espero que responda. Abraço saudoso.

Forcei na memória e lembrei daquele dia com o Jader na escola, este é o nome dele. Foi muito legal. Depois do ensaio da peça, no pátio do colégio, fizemos uma foto. Me lembro do ato, mas não da foto. Este meu antigo amigo apareceu por acaso, refleti. Resolvi responder.

E aí, Jader, quanto tempo, hein? Nossa! Me lembro desse dia. Me lembro de tirarmos uma foto, só que você nunca tinha me mostrado, só agora. Quando der, escaneia ela para mim e me manda.

Jader me mandou na mensagem um dedo positivo. No fim da tarde, ele me enviou a foto. Quis imprimi-la. Usei papel fotográfico e ficou boa. À noite, antes de dormir, peguei a foto e remontei a um passado com meu amigo distante. Feliz, pleno de satisfação, Jader apareceu para mim como um grande amigo. Interrompemos a comunicação. Cada um foi para um lado. Ele se mudou. Trocamos alguns e-mails e, paulatinamente, fomos nos distanciando. Toda aquela emoção me levou para a busca dos nossos e-mails antigos.

18 de novembro de 2005, 15h55
E aí, Bruno, as coisas por aqui estão se ajeitando, quando saí não tive tempo de me despedir, vamos conversando por aqui. Grande abraço. Jader.

19 de novembro de 2005, 10h20
Olá, Jader, vamos, sim. Escuta, me conta como você teve que ir embora, não entendi nada. Eu aqui continuo com o pessoal do teatro, estamos com uma peça quase pronta. Arranjei um

trampo. As coisas estão melhorando para mim agora. Abraço. Bruno.

07 de dezembro de 2005, 14h40
Que bom este trampo, torço por você, você sabe, né? Minha saída tem a ver com o trabalho do meu pai. Ele fez reunião de família e disse para nós que, se alguém fizesse alguma objeção, ele não aceitaria. Eu e minha mãe concordamos. Ele foi convidado a gerenciar uma das lojas da empresa em que trabalha. E era para ontem, por isso que tivemos que mudar rapidinho. Vamos conversando. Abraço. Jader.

19 de janeiro de 2006, 22h03
E aí, Jader, como está a vida? Lembrei de você. Fui procurar minha luva de goleiro e encontrei. Lembrei do nosso time da escola, tinha até torcida, lembra? Mas é isso, espero que esteja tudo bem contigo. Abraço. Bruno.

22 de janeiro de 2006, 21h06
E aí, cara! Já estou mais inserido por aqui, tô estudando, já conheço uma moçada. A cidade é boa, estou bem. Pois é, o fut era muito massa, reunia a maior galera. Bons tempos, vamos conversando. Abraço. Jader.

13 de abril de 2006, 15h55
Então, estou pensando em morar sozinho. Nada contra o meu pai, só quero montar meu canto. Tô trampando. Queria confidenciar isso para alguém, lembrei-me de você. Faz tempo que não falamos, não é? Fico por aqui, abraço. Bruno.

23 de abril de 2006, 16h08
Amigo é para essas coisas, Bruno. Te entendo. Querer ter um espaço, levar umas minas, fazer umas festas… etc., ka ka ka. Se você já tem condições de cacifar, tem mais que sair. Sem dizer que vai aliviar para seu pai, ele é um cara legal. No fundo eles querem ver a gente decolar. Isso traz vibrações positivas. Traçar seu rumo, dar suas braçadas, é isso. Abraço. Jader.

23 de abril de 2006, 23h14
Valeu pela força, Jader. Abraço. Bruno.

Quando terminei de ler a última mensagem, na sequência resolvi postar no Facebook.

A texto dizia: "Obrigado pela foto, Jader. Vamos marcar para tomar uma e pôr a conversa em dia. Vamos precisar de um bom tempo para isso kakaka".

Retornamos aos nossos encontros, conversamos bastante e, num dado momento, percebi que tínhamos seguido caminhos bem diferentes. Os dois em rumos opostos, mas algo ficou de nosso afeto original. Eu sempre lembrava o contexto em que estava quando restabelecemos contato. Nunca contei para ele sobre o escrito que deixei na mesa, muito menos da viagem de ácido quando produzi o texto.

Nos comunicávamos esporadicamente. A aproximação que tínhamos quando jovens se diluiu agora. Nossas trajetórias nestes anos de distanciamento estabeleceram novas fronteiras. Antes éramos como casas germinadas, separadas por cercas baixas e muito jardim. Agora somos casas de muros altos, alarme e interfone. Mas continuamos nos relacionando. Algo forte nos une, que perpetua até hoje. O destino, acho.

VIRGÍNIA

RECORTES DO COTIDIANO - 29/10

Nesta semana que passou "entrei numas" de saber quem é meu companheiro escritor desta novela. Fui à internet, procurei por tudo. Já à noite, depois de um dia de tentativas, resolvi fazer as buscas em alemão, então encontrei uma reportagem que comentava sobre a proposta da série "O Trimestre", e consegui chegar no nome do editor. Pedi para o meu amigo de trabalho que buscasse alguma pista sobre os escritores. Ele conseguiu entrar no computador do editor e lá encontrou uma pasta denominada "O Trimestre", só que ela estava protegida por senha. Então pedi para ele destravar, ele só faria a operação no meu notebook, trabalharia com o IP de minha máquina, não queria se comprometer. Achei justo. Levei meu notebook para o trabalho e pedi para este amigo hacker destravar a pasta. No final do expediente, ele chegou com meu notebook dizendo:

— Não foi fácil, tinha uma criptografia que eu não conhecia. Me fez estudar, foi bom.

— Mas você destravou a pasta?

— Agora você tem acesso aos 68 arquivos desta pasta.

Na sequência me entregou o equipamento como uma bandeja carregada por um garçom requintado. Eu dei um beijo no ar e assoprei para ele, que pegou o movimento e encenou a chegada do beijo em seu rosto, depois sorriu. Pensei que ele poderia estar interessado em mim, mas logo tirei da cabeça. Como estava com trabalho acumulado, deixei para mexer com a pasta em casa. Quando cheguei, logo liguei o computador. Enquanto ele iniciava, corri para a cozinha, peguei um suco na geladeira e um bom pedaço de bolo de abacaxi, daqueles industriais. Comendo e teclando encontrei uma pasta denominada Candidatos Aprovados. Abri a pasta e encontrei subpastas com nome de países. Fui à pasta Brasil e abri. Encontrei dois arquivos. Um chamado Virgínia, o outro, Bruno. Então descobri quem era meu parceiro de livro. Fiz contato pelas redes sociais, e iniciamos um diálogo. Não contei para ele como havia conseguido seu e-mail. Não sabíamos se o fato de nos relacionarmos, mesmo de forma virtual, estava proibido pelo projeto. A possibilidade de conhecer Bruno começou a me inquietar. Na sexta-feira da semana em que falei com ele, resolvi sair para tomar uma cerveja. Fui andando em direção a uma rua do bairro, onde se concentravam os barzinhos. Um quarteirão antes de chegar à rua, encontrei um amigo trabalhando, o Jaime. Parei para ouvir a música que ele estava tocando, na esperança de que, no final da música, fizesse um intervalo para que eu pudesse cumprimentá-lo e trocar umas ideias. Ele fez a parada, e na sequência convidei para tomar uma "breja" comigo, falei que era por minha conta. Ele olhou para mim com uma cara de quem se decepcionou com algo, então eu falei:

— Se você quiser dividir a conta, tudo bem! Eu estou precisando falar com alguém, e você é uma pessoa querida e confiável... vem, vai!

Usei todo o charme que podia jogar naquela hora. Ele riu e disse:

— Vamos conversar, estou com saudades.

Fomos a um barzinho típico do bairro. O Bar do Zé Romão, um dos primeiros na rua. Tinha pelos menos cinquenta anos. Primeiro o pai, depois o filho e agora o neto é que tocava o negócio. Sentamos na banqueta alta do balcão.

Por um momento de sorte, entramos e apareceu aquele agradável e inesperado momento quando se chega em um bar lotado. Enquanto andávamos procurando lugar, fomos intersectados por um casal que se levantava dos bancos. Sentamos rapidamente. Tomávamos uma IPA com bolinhos de queijo quando Jaime começa a contar a história de um amigo também músico de rua. Suas experiências, suas histórias, seus amores. O cara se apaixonou por uma talentosa bioquímica, que o conheceu quando era estudante de doutorado. Ela rompeu com a família por não aceitarem o relacionamento dela com um músico. Foi morar com ele em um pequeno apartamento. Ele segurou as finanças até ela conseguir uma bolsa no último ano do doutorado, podendo assim ajudar nas despesas, mas ele continuou sempre com sua música de rua e nos barzinhos e restaurantes, quanto aparecia. Depois de seis meses como doutora, ela foi aprovada em um concurso público para trabalhar no Ministério da Saúde, com bom salário, plano de carreira e estabilidade de emprego. Ganhando melhor, eles mudaram para um apartamento maior, com boa localização. Mas o músico não parou com sua atividade. Com o tempo a relação começou a se deteriorar, houve uma crise entre eles por conta das correlações de força do casal. Ele virou o protagonista dos distúrbios, com dificuldade de aceitar sua companheira ganhando melhor, e mesmo não querendo, constituiu uma relação de dependência, mas conseguiram desvendar as contradições e chegaram a bom termo. Como de costume, às quintas-feiras à noite ele se reunia em um pub com outros tantos músicos de rua. Numa destas noites, a conversa girou em torno da necessidade de comercializar o trabalho que faziam. O resultado foi a criação de um selo dos músicos de rua. À revelia das tendências, fizeram uma gravação em CD com encarte. Montaram um fundo para financiar os novos talentos que se apresentavam nas ruas.

Tiveram a colaboração de técnicos que abraçaram a causa e não cobraram pelos serviços. Os CDs continham vídeos e áudios que os músicos comercializavam enquanto trabalhavam, tocando nas ruas. A bioquímica fez o empréstimo inicial para começar a produção, e com o tempo montaram a Cooperativa do Músicos de Rua. No começo, todos juntavam dinheiro para pagar o empréstimo. Estipularam também a criação de um fundo para financiar as gravações. A cooperativa funcionou por quatro anos, depois se desfez por falta de participação na gestão do empreendimento. O músico amigo de Jaime continuou a tocar, e a relação dele com a bioquímica se estabilizou. Às 21h30 levantei da mesa e fui ao caixa pagar a conta. Cheguei com uma saideira. A história que Jaime contou tomou boa parte do tempo, então me lembrei do motivo de eu ter saído.

— No final das contas, não conversei contigo sobre a questão que me aflige.

— Verdade, me empolguei com a história e o tempo foi passando, mas fale agora, temos todo o tempo do mundo.

— Não tenho, não, amanhã saio cedo para trabalhar, mas me deixa contar o que é. Estou escrevendo um livro com um outro escritor. Fomos contratados para escrever uma novela. Temos três meses para entregar o material, depois eu te conto com mais detalhes. A minha questão é: encontro ou não meu colega de livro? Virtualmente já nos falamos, eu fui atrás, queria saber quem era, busquei na internet e encontrei. Nós temos receio de infringir as regras do contrato, sabe? De o encontro pessoal ser proibido.

— Tem duas coisas que eu acho que vocês devem fazer. Estudar com atenção o contrato e também entrar em contato com este tal editor e perguntar para ele se pode haver encontro entre vocês. Mas também vocês podem manter em sigilo o encontro, conseguindo com isso uma parceria, uma aliança com seu colega frente à instituição que contratou vocês. Acho que isso politicamente é bem pertinente. Você qualifica a relação capital/trabalho, fortalecendo as formas de organização do trabalho para enfrentar a luta de classes. Além de que você tem a justificativa de estar criando dramaticidade na narrativa com este jogo.

— Muito bom, ficou bem claro, já me deu um norte. E você continua afiado na economia política, hein!

— Não estou mais estudando, mas as coisas que realmente aprendemos sempre retornam. Parece que, conforme o estímulo, desencadeia um raciocínio que se fundamenta nos ensinamentos do passado, podendo, a partir da conjuntura, criar novas sínteses explicativas, este é o processo... mas não estudo mais economia política.

Jaime estudou economia, mas abandonou, mudou de vida, ficou largado. Isso aconteceu depois do término de um relacionamento sério. A menina o deixou sem grandes explicações. Eu convivi com Jaime naquela época, nos aproximamos como amigos e confidentes. Ele já cantava e tocava violão. O que aplacou seu sofrimento foi a música. Um dia pegou o violão e foi para a rua tocar e cantar, ganhou uns trocados com os bicos que fazia quando aparecia trabalho de garçom. Antes de ir embora, pedi seu e-mail e endereço para enviar o livro quando ficasse pronto.

Desta conversa ficou a história do músico de rua que ele me contou e duas possibilidades de efetivar o encontro com Bruno. Ou pedíamos a anuência do editor ou nos encontraríamos sem dar satisfação.

Nota: qualquer semelhança com a vida real é mera coincidência. O texto deste capítulo é uma narrativa de ficção.

BRUNO

A CAIXA D'ÁGUA - 30/10

Hoje no trabalho, no meio da tarde, sem mais, me veio uma ideia para uma história que tem a ver com um amigo e um lugar. Então, juntei os dois e escrevi um roteiro lá no trabalho mesmo, na hora do serviço, longe das vistas dos outros. À noite já comecei a escrever a história; o protagonista é o Juliano, e a história é mais ou menos esta que segue.

◆◆

Sentindo as ondas baterem nas canelas, deixando bolhas de espuma em minha perna. Observei por um tempo aquele contato. Comecei a andar em direção à barra, no fim da praia, ponta sul, como eles chamam por aqui.

Estávamos em 1960. Colocava em curso um projeto de vida. Trabalhei por quinze anos, tendo uma vida monástica, com um objetivo principal: obter recursos para comprar uma propriedade no litoral uruguaio. Numa região mais inóspita. Escolhi Pueblo Novo.

O vilarejo era pequeno, mas apresentava as características que eu desejava. ISOLAMENTO.

Estava passando meu último fim de semana em terras brasileiras, no chalé de Robson, meu amigo. Convivi parte de minha infância com ele. Caiçara do litoral paulista, o único filho que não quis ir embora da praia, onde nasceu. Manteve o negócio da família, a pesca. Ele me convidou para passar uns dias juntos antes que eu fosse para o Uruguai.

Na noite do segundo dia, fomos ao bar de um amigo dele comer caranguejo, tomar cerveja e colocar a conversa em dia. Nos acomodamos na parte de fora. Sentamos em bancos feitos de tronco de madeira. Firme, confortáveis. Tinha uma almofada presa no tronco, com o nome e até uma logo do bar e restaurante. Passado pouco tempo, chega alguém para nos atender, alguém que conhecia Robson.

— Vejo que trouxe um amigo para conhecer meu boteco. Amigo de Robson é meu amigo. Ele deve ter falado do caranguejo especial que faço por aqui.

— Sim, ele falou mesmo. Prazer, sou Juliano.

— Prazer, sou Paulo Cará. Você vai comer um arroz com caranguejo que não vai esquecer. Vem acompanhado de polenta frita. Posso mandar minha mulher preparar?

Falou olhando para nós dois.

— Pode, sim, mas antes frita uma porção de manjubinha pra tira-gosto com a cerveja, você tem?

Demandou Robson.

— Deu sorte, os meninos foram no rio e passaram a rede, comprei uns três quilos.

Enquanto falava ia anotando na comanda os pedidos, e logo saiu.

— Então, Juliano, o que deu em você de ir morar no Uruguai? Naquela vila na praia, como chama mesmo?

— Pueblo Novo. Quando fui, tinha dezessete anos, me encantei com o lugar, muito tranquilo, gostei do povo de lá.

— Você acha que vai se adaptar? Costumes diferentes, língua diferente.

— Acho que sim. Depois que conheci o Pueblo, tem uma força que me atrai para aquele lugar, então resolvi ir morar lá.

— Forças místicas?

— Acho que não... não sei dizer, mas também não fico especulando, indo atrás. O castelhano, eu arranho um pouco, dá para me comunicar. Quero morar num terreno grande, para fazer uma horta, um galinheiro. Peixe tem de sobra. Quando eu fui para lá andei por todo o Pueblo observando as propriedades, andei pela região e gostei do que vi. A 30 km tem uma pequena serra, muita natureza intocada, quero morar lá.

    A conversa correu até o início da madrugada. Voltamos felizes pelo encontro, matando a saudade.

    No outro dia acordei cedo e retornei para São Paulo.

    Me programei para viajar na quarta-feira, tinha dois dias para revisar o carro, preparar as malas, quase uma pequena mudança. Mas coube tudo no carro, bem cheio. Minha bicicleta deixei com um amigo, que se dispôs a usar e fazer manutenção. Um empréstimo, disse a ele. Já estava com os dólares para efetivar a compra da propriedade. Levava peso uruguaio para começar a vida na comunidade. Fiz a viagem em dois dias. Cheguei no final da tarde e me instalei numa pensão, a mesma que fiquei quando fui pela primeira vez.

    O quarto era pequeno. Tinha uma mesinha escorada na parede com uma cadeira grande demais para aquele ambiente. Um armário de duas portas bem pequeno, o suficiente para mim. O banheiro era coletivo. O café era servido até as 10h. Começava às 6h. O almoço era por demanda. Tinha que avisar que queria almoçar, para eles programarem a quantidade de comida que deveria ser feita. Era cobrado à parte.

    Nos três primeiros dias, fiquei procurando uma propriedade para comprar, passava o dia inteiro procurando. Ninguém queria vender, e não sabiam quem poderia querer vender.

    Afrouxei a procura, percebi que devia me inteirar melhor com o pessoal do povoado. Eles não sabiam quem eu era. Depois de uma semana no lugar, percebi que podia comprar peixe recém-chegado do mar, frasquinho. Era só estimar a hora da chegada dos barcos, aguardar a venda, os pescadores vendiam praticamente tudo que era ofertado. Uma parte eles reservavam para a peixaria do Pueblo.

Em uma tarde, estava muito cansado de andar à procura de um imóvel, então resolvi entrar na pequena igreja do lugar. O silêncio que imperava acalmou minhas inquietações. Fechei os olhos e comecei a divagar. Retornei com uma voz se dirigindo a mim.

— Bom dia, meu filho, seja bem-vindo a esta humilde casa de Deus. Já tinha visto o senhor andando pelo Pueblo. O senhor é de onde?

— Sou brasileiro, de São Paulo, capital.

— Veio a passeio?

— Não, pretendo morar por aqui, já estou há quatro dias procurando uma propriedade. Até agora não encontrei nada, nenhuma indicação, acho que estão desconfiados de mim.

— É possível, mas não é por mal, não é nada pessoal. O povo sempre desconfia de caras novas na comunidade.

— Por enquanto estou morando na pensão, até encontrar uma casa, fico por lá. O senhor não sabe de alguém que esteja vendendo uma casa?

— Não me lembro de ninguém agora, mas vou pensar, qualquer coisa te aviso.

— Muito obrigado, sou engenheiro civil, juntei dinheiro para comprar uma casa aqui. Na adolescência fiquei uma semana por aqui, adorei o lugar e o povo na época. Sei que hoje já não sou um jovem turista, mas um potencial morador, isso muda o cenário, as pessoas desconfiam. Vou ficar na pensão até eu arranjar uma casa para comprar.

Levantei, agradeci e despedi do padre.

Passados três dias, o padre me procurou na pensão.

— Boa tarde, meu filho. Achei que no fim da tarde já estaria em casa.

— Sim, neste horário quase sempre estou por aqui. O senhor tem alguma novidade em relação à casa para comprar?

— Vamos conversar, posso entrar?

— Mas claro, vamos conversar aqui na sala.

Sentei com o padre na sala de estar da pensão. Naquele horário normalmente ninguém ficava por lá. Poderíamos conversar tranquilos.

– Desde quando nos vimos, fiquei pensando onde poderia ter uma casa para o senhor. Só hoje de manhã veio uma possibilidade.

A família Soares é antiga no Pueblo. Dona Antonietta mora sozinha, já está com mais de 75 anos, mas ainda insiste em morar sozinha. Os filhos, os dois, sempre chamando para morar com eles, e ela não quer, fala que vai dar trabalho. Hoje, no começo da tarde, passei na casa dos filhos, eles moram na mesma rua, todos na mesma rua. Consegui conversar com os dois. Eles estão dispostos a vender, o que falta é convencer Dona Antonietta de morar com um dos filhos. Então pensei bem, e acho que poderíamos ir visitá-la. A casa é antiga, mas está em bom estado. Os filhos fazem a manutenção.

– Vamos, sim, muito obrigado pelo empenho do senhor.

– Não é nada, meu filho, podemos ir amanhã. Às 9h eu passo por aqui.

Em todos estes dias, esta foi a primeira sinalização de um possível negócio. Tive dificuldade de dormir pensando na casa e na conversa que teria com Dona Antonietta.

Às 9h, como programado, o padre chegou. A casa era a cerca de 3 km da pensão, na periferia do Pueblo. Fomos de carro. O terreno me pareceu grande. A casa também era grande e encorpada, de madeira, em boas condições, considerando sua idade.

Dona Antonietta nos recebeu oferecendo mate, toda a conversa foi regada por ele. Tomamos em uma cuia de porcelana, revestida de couro, de uma forma que o próprio couro que reveste, embaixo, torna-se um suporte para manter a cuia em pé.

Expliquei para ela quem eu era, tivemos uma certa dificuldade de comunicação. O padre socorria quando não nos entendíamos. Aos poucos, nossa comunicação foi se ajustando.

No entanto, o resultado de nossa conversa não foi muito animador. Por mais que argumentássemos, ela era firme em sua posição de não querer atrapalhar a vida dos filhos com suas famílias. Não senti nenhuma restrição em relação à minha pessoa, o que foi um ponto favorável, mas saímos sem nada daquela conversa. Fomos embora, agradeci a ela e ao padre pelo seu empenho.

Passei o dia pensando em uma forma de convencer a Dona Antonietta. No jantar, a fala de um pensionista me trouxe uma ideia. Ele comentava sobre a reforma que tinha feito na cozinha de sua casa. Foi uma surpresa para sua mulher, que gostou muito. Até o relacionamento entre eles melhorou, disse o homem.

Então pensei que poderíamos construir um apartamento para a Dona Antonietta, separado da casa, dando total autonomia para ela. Mas pensei que isso não seria suficiente para convencê-la. Parti da premissa de que a maior preocupação dela não eram os filhos, mas, sim, as noras. Resolvi então, antes de apresentar a proposta para Dona Antonietta, conversar com os dois casais.

Fui à casa do filho mais velho, pedi para chamar o irmão e as mulheres. Então apresentei a proposta de construção do apartamento. Na conversa ficou bem claro que eles estavam visivelmente interessados em vender a casa e pegar a parte deles desta venda, concordando com a construção do apartamento. Apresentei meus argumentos e propus como estratégia as mulheres falarem e convidarem Dona Antonietta para escolher em qual terreno ela queria construir seu apartamento. Pedi para que elas deixassem claro que ela não era um incômodo e que estaria vivendo melhor no apartamento novo, e perto da família. As mulheres aceitaram a empreitada, e eu saí esperançoso de lá. Marcaram para o dia seguinte a conversa com Dona Antonietta.

Saindo de lá, passei na igreja e pedi ao padre para ir à reunião. Sua presença era importante, dado que Dona Antonietta era muito religiosa. Ele aceitou.

Foi como planejado, na reunião as duas noras insistiram para a Dona Antonietta viver mais próximo delas. Falaram também que ela viveria confortável no apartamento e que teria liberdade para plantar no terreno da casa que ela escolhesse. Os dois filhos ficaram o tempo todo quietos. Dona Antonietta estranhou o comportamento deles e comentou algo que eu não entendi. Eles disseram que o que mais queriam era vender o imóvel. Ela se calou.

Senti que as mulheres foram afetivas no trato do problema, o que claramente impactou Dona Antonietta. Então uma delas falou:

— A senhora é quem decide. Nós duas nos empenhamos em deixar claro que é bem-vinda conosco, ficará à sua escolha, em qualquer uma das casas.

A velha senhora abaixou a cabeça refletindo profundamente, então disse:

— Eu tenho minhas raízes naquela casa, minhas lembranças estão todas lá, mas eu tenho que ser realista. A venda da casa será muito boa para vocês, não é? E eu já não sou criança.

Falou rindo para as noras.

— Estar mais perto de vocês pode ser melhor, mas a última coisa que quero na vida é ser fardo para filho e nora.

Neste momento, todos se manifestaram, menos eu. Até o padre se manifestou timidamente. Muitos nãos ecoaram na sala.

— Pela sinceridade que vi nos olhos de vocês, me sinto mais segura de ir, aceito a venda.

Disse se dirigindo às duas noras.

Então eu falei:

— Fique tranquila, Dona Antonietta, já pensei em tudo. No contrato de compra e venda, terá uma cláusula definindo que parte do dinheiro da venda da casa será destinada para a construção do apartamento, e eu como engenheiro civil me comprometo a criar a planta do apartamento e conduzir a obra, isto reza no contrato também. O filho mais velho anuiu com a cabeça, certamente atento à minha fala.

Então o negócio se efetivou, comprei a casa. Eu pagaria em dólar a propriedade, à vista, condicionado o pagamento à entrega da escritura definida. A propriedade estava legalmente irregular. O que existia era acordo familiar, sem documento assinado, só na palavra. Isso tudo tinha que ser acertado. Com a escritura definitiva tirada, faríamos a transferência da propriedade para o meu nome. Demorou cerca de vinte dias para sair a escritura.

Enquanto esperava, já fui iniciando a planta do apartamento. Querendo saber como Dona Antonietta vivia, fui duas vezes, à tarde, conversar com ela sobre sua vida, seu dia a dia, no terreno mexendo com as plantas, dentro da casa. Perguntei sobre o uso da cozinha, como ela fazia comida, onde ela comia. Ela me respondeu com atenção e precisão. Parece que ela entendeu a importância daquelas informações para a construção de seu futuro lar. Eu precisava desses dados para conseguir entender como otimizar a construção. Mesmo assim, expliquei esta necessidade para ela, que anuiu. Conversamos um par de horas. Isso me deu a base para pensar no apartamento.

Eu fiz a planilha de custos, com todo o material necessário para a construção do apartamento. Entreguei na mão dos filhos de Dona Antonietta, para que eles agilizassem o mais rápido possível esse material. Fomos procurar para contratar, no Pueblo, um mestre de obras, um pedreiro e um ajudante. Queria erguer o apartamento o quanto antes, para logo poder morar na casa que comprei e iniciar a reforma.

Iniciamos a compra de material para construção tão logo a transferência da propriedade foi feita. Em quinze dias já estávamos começando a construção. Com um pouco mais de um mês, eu produzi a planta principal, a planta hidráulica e a planta elétrica, e foi construída uma fossa para o apartamento. Consegui entregar a obra concluída com quatro meses de trabalho. Dona Antonietta selecionou os móveis, utensílios e decorações que ela mais gostava e levou para o apartamento. Os filhos compraram um colchão novo para a sua cama.

Finalmente eu tinha uma propriedade em Pueblo Novo! Observei a casa com atenção e percebi que sua estrutura em madeira estava intacta. Mas tinha uma reforma a fazer, algumas tábuas para trocar, tanto no piso como nas paredes. Além da substituição das portas e janelas, era preciso refazer o sistema hidráulico e elétrico. Fiz um cimentado com dois metros de largura, que circundava toda a casa. O dinheiro estava começando a acabar, então busquei soluções baratas e eficientes.

Concluí a reforma, mas faltava mexer no jardim, na horta e no galinheiro.

Estava animado com meu começo. Preparei a horta, cuidei do jardim e reformei o galinheiro. Comprei um galo de raça e quatro galinhas. Com o tempo teria ovo e frango para comer, e comecei a produzir legumes e verduras. Tem no fundo da casa um pé de laranja do tipo grapefruit, que eu experimentei e gostei.

Com quase um ano morando no Pueblo, resolvi investir meus últimos recursos em uma atividade produtiva, tinha que ganhar algum dinheiro. Escolhi a compra de um saveiro para a comercialização do peixe dos pescadores da região, bem como trazer mercadorias compradas pelos habitantes da comunidade. Depois do píer construído, iniciei a comercialização de produtos no Pueblo. Naveguei por três anos com a embarcação e me dediquei unicamente a esta atividade. Quando percebi que o negócio estava indo bem, resolvi parar de navegar e contratar funcionários. Convidei o João Vitor, pescador de quem eu comprava peixe na praia logo que cheguei em Pueblo Novo. Ele ficou meu amigo. João Vitor já tinha pilotado grandes embarcações na juventude. Sempre contava suas proezas na mesa de bar, nos fins de tarde, depois do trabalho. Contratei também um marinheiro.

Pude, com isso, me dedicar a outras atividades, cuidar melhor de minha casa, do quintal, dos animais.

Mas tudo começou quando tive a ideia do transporte de mercadorias, percebi que não tínhamos um porto para descarregá-las. Descobri que a praia do Pueblo era aberta e com águas bem rasas. Resolvi então construir um píer com pilastras de concreto e uma cinta de aço ligando as pilastras, preparando os espaços para as tábuas de madeira que formariam o piso, removível e de fácil manutenção. O píer de Pueblo Novo tinha trinta metros e dez pilastras incrustradas na areia, ligadas umas às outras. Ao final, tinha um concreto reforçado para receber as embarcações. Certa vez, por conta das chuvas e um mar tempestuoso, desabaram na praia ondas grandes com tanta força que desaprumaram o píer em muitas partes. Tivemos que reacomodar as pilastras e ficaram novamente seguras para o tráfego. O traçado se alterou um pouco, mas constatei com satisfação que o sistema era flexível para fortes intervenções naturais, como temporais, tufões etc.

    O píer terminava em um buraco com profundidade de nove metros. Ideal para embarcações de pequeno e médio porte. Embora tenha construído para meu uso, a construção estava em espaço público. Mas não me importei com isso, as pessoas poderiam usar à vontade. Eu cativei o povo com minha atitude de construir o píer e não me importar com o uso público. Esta obra caracterizou-se como o primeiro porto de Pueblo Novo. A descarga e o embarque de mercadorias e produtos começaram a ser feitos por lá. Logo foi aberta uma peixaria próximo ao píer.

    Com o uso intenso, o píer necessitou de manutenção. Propus um consórcio com os comerciantes beneficiados para subsidiarem a manutenção. A mão de obra seria da comunidade, com uma remuneração justa para o trabalho de manutenção.

    Fiquei um bom tempo praticamente isolado da gente do Pueblo. Estava focado em deixar meu espaço em condições de me sustentar. Plantei batata, espinafre, cenoura, couve, pimentão, pimenta. Plantei uma muda de pitanga que vingou. Passava praticamente o dia todo na lida doméstica. Foram pelo menos seis meses voltando a cuidar da casa com mais atenção, agora com estabilidade financeira.

Mas não queria tornar-me comerciante apenas. Queria cuidar do meu pedaço de terra, da casa, do quintal, das minhas galinhas. Também queria mexer com a engenharia, profissão que exercia com prazer. Um prazer de ofício. Por isso deleguei o negócio. Passei para João Vitor, o pescador, outro que gostava da profissão. Pagava salário para ele administrar tudo, ganhava também por produtividade.

Em Pueblo Novo existia um problema recorrente, que percebi desde quando cheguei: a qualidade da água. Água salobra, perigosa por conta de bactérias nocivas à saúde.

Numa noite, tomando uma cerveja Norteña, comecei a pensar na questão da água. Existem dois caminhos possíveis para resolver o problema, pensei. Tratamos esta água salobra de alguma forma ou buscamos água de melhor qualidade para consumir na comunidade. Resolvi começar pela segunda opção. Andei pela região pegando as vicinais de terra, que eram bem estreitas. Se encontrasse um caminhão tinha que passar bem devagar. Depois de algumas andanças, encontrei, a cerca de trinta quilômetros do Pueblo, uma serrinha. A estrada me levou até um ponto. De lá para frente, tinha aproximadamente cinquenta metros de picada, que continuava subindo a serra. Peguei o caminho. Conforme eu andava pela picada, o som de água ia aumentando, então apareceu ao lado da picada uma água correndo forte, que alimentava um córrego que meandrava a planície costeira até o mar. A picada acompanha a água até chegar à nascente.

Fiquei observando maravilhado a possível resposta para o problema da água do Pueblo. Uma fenda ovalada de meio metro de comprimento por trinta centímetros de altura formada a partir de dois blocos maciços de rocha. De uma das quebradas da picada, se viam lá embaixo os meandros brilhantes do córrego alimentado pela nascente. Bebi da água. Tinha uma caneca presa em uma pequena caixa que represava a água, para que se pudesse beber. ERA DELICIOSA! Há muito tempo não bebia uma água daquela qualidade. Enquanto bebia, olhava aquela mata e enchia o peito de ar serrano. Então constatei que poderia resolver, em parte, o problema de Pueblo Novo com aquela nascente. Voltei pelo caminho pensando o tempo todo em como faria a obra, principalmente a questão operacional. Como levar água potável para o Pueblo?

Depois de alguns dias me veio uma ideia, então esbocei um projeto. Tinha que verificar in loco as condições para a execução. Fui até a nascente, medi a distância entre ela e o pé da serra. Fotografei todo o percurso da água, quantifiquei o fluxo d'água. Poderia direcionar parte da vazão da água para uma caixa receptora que encanava a água para o nível de base. Embaixo seria construída uma caixa d'água de cem mil litros, com quatro grandes torneiras e um ladrão vazando a água em direção ao córrego. Pensei que, a partir da facilitação da coleta, as pessoas viriam buscar água por aqui. A ideia eu já tinha, era um projeto exequível, a meu ver. Mas o mais difícil ainda faltava. O financiamento e a equipe para a construção.

Numa tarde tinha ido ao único armazém do Pueblo comprar ração para as galinhas. Estava bem agitado. Na fila para ser atendido, ouvi uma conversa sobre a água. Duas mulheres e um homem reclamavam da água da comunidade. A mulher mais nova comentou que sua filha estava doente, com disenteria, falou que o pessoal do posto de saúde disse que poderia ser por causa da água. O funcionário do armazém entrou na conversa, comentando que uma criança, vizinha de sua casa, estava com o mesmo sintoma. Então, num ímpeto, entrei na conversa e falei:

— Eu sei como resolver este problema, pelo menos em parte.

Comecei a apresentar o projeto, então outras pessoas começaram a se interessar pelo assunto, quando vi, estava falando para umas oito pessoas. Todos me conheciam no Pueblo por conta do píer que construí e do negócio com o saveiro. Ouviram com atenção. No final enfatizei que a comunidade tinha que conseguir o dinheiro para comprar o material e pagar a mão de obra. Eu me dispus a fazer o projeto e inspecionar a obra, e não cobraria por isso. Faria com prazer aquele trabalho. A maior "remuneração" que recebia era o afeto e o bem-querer da comunidade, disse.

Passados alguns dias, o padre me procurou em casa. Convidei-o para entrar, preparei um mate. Ele começou a conversa comentando sobre a construção da caixa no pé da serra.

— Então, senhor Juliano, algumas pessoas vieram conversar comigo sobre sua ideia de buscarmos água potável na serra. Acontece que é muito longe para o pessoal buscar.

— Sim, são trinta quilômetros. Mas o que eu pensei é que a comunidade pode se organizar para buscar aquela água. Cotizar entre os interessados o aluguel de um caminhão para buscar a água. Algum empreendedor pode comprar um caminhão-pipa para trazer a água, ou mesmo o Departamento de Rocha poderia doar um caminhão para a comunidade. Não resolve o problema totalmente, mas com isso conseguimos trazer água potável para o Pueblo e preservamos as crianças e as famílias.

— Entendo... O que o senhor acha de marcarmos uma reunião com a comunidade, no salão paroquial, para expor suas ideias e ouvirmos o que o pessoal tem a dizer?

— Pode ser, estou à disposição para tentar resolver este grave problema.

Chegou o dia da reunião. Eu mexi na horta à tarde toda, minhas unhas estavam imundas. Tinha que limpar bem, pois eu ia falar em público, o que fez o meu banho demorar mais.

Quando cheguei, o salão estava cheio. Foi um choque no primeiro olhar... mas aquilo era bom, pensei, um bom sinal, havia interesse. O padre iniciou dizendo que não era preciso ele me apresentar, pois todos já me conheciam. Ele me passou a palavra, eu agradeci e comecei a falar do projeto de forma sucinta.

— Conheci uma nascente na Serra do Fundo, a cerca de 30 km daqui. Ela alimenta o córrego dourado, que passa no Pueblo e morre no mar. A nascente é grande, está entre duas grandes rochas incrustadas na serrinha. Quando eu vi aquela nascente, senti a possibilidade de resolver o problema da água. Passei a semana que seguiu pensando em como fazer, então criei um pré-projeto, um primeiro esboço, um rascunho. Para isso, retornei ao local para fazer verificações. Constatei, então, que seria possível a captura de água da nascente a partir de uma tubulação que desceria até o pé da serra. Embaixo seria construída uma grande caixa d'água com quatro grandes torneiras. Ela seria construída em uma base de concreto um metro acima do solo. A água lá embaixo, pronta para ser usada. Resolveria o problema de vocês?

O pessoal começou a conversar baixo, criando um murmúrio que dominou o salão. Até que um morador se manifestou.

— Não! Temos que vir pegar a água.

— Exatamente. Tem que ser pensada uma forma de levar, com o menor custo possível, a água para o Pueblo. Esta parte ficará a cargo de vocês, de nós, porque eu também moro no Pueblo.

Alguns riram.

— Esta parte fica a cargo da comunidade resolver, que são os interessados. Vejam como a casa está cheia hoje, mostra que existe interesse. Tem muitas opções. Iniciativa privada, cobra o frete da água. Financiamento pelo Departamento de Rocha para a compra de um caminhão-pipa. A compra de uma caminhonete, por vários moradores, somente designada para buscar a água. Eu sei que esta não é a melhor opção. O ideal é que todos tenham água potável encanada na porta de sua casa. Isso é um objetivo a ser alcançado, mas por agora, a curto prazo, temos esta opção que proponho. Em menos de seis meses, entregamos a obra e teremos a possibilidade de ter água potável no Pueblo. Enquanto estivermos construindo, a comunidade se organiza para ver como melhor trazer a água. Mas eu não toquei na questão mais importante.

Dei uma pausa teatral para criar tensão e reflexão das pessoas. Esperei um pouco, mas ninguém se manifestou. Então eu falei.

— Precisamos de dinheiro para a compra do material de construção e o pagamento dos trabalhadores envolvidos. As plantas e a planilha do projeto me disponho a fazer. Me responsabilizo por fiscalizar a obra e não cobrarei por isso. Podemos dizer que é um trabalho social, além de me dar a chance de exercer minha carreira de engenheiro civil, que eu prezo tanto.

O comerciante do armazém levantou a mão, a palavra foi concedida de pronto.

— Podemos criar um fundo com os comerciantes do Pueblo, que são os que têm mais condições de ajudar para construir esta caixa.

Um jovem que aparentava dezoito anos pediu a palavra.

— Temos que solicitar verba para o governo, pois caberia a ele construir esta caixa, e não a nós.

A cabelereira do Pueblo, uma mulher por volta dos trinta anos, interrompeu o menino, falando.

— Se formos esperar o governo fazer alguma coisa, vamos esperar sentados.

Uma pausa se deu, então o padre falou.

— Tanto a Clarice quanto o Rubens têm razão. O que poderíamos fazer é conciliar as duas coisas. Mostramos para o governo um projeto bem definido, até com os valores estimados. No primeiro momento pedimos o valor total, se não conseguirmos, tentamos negociar uma parte do orçamento.

Esperei uma pausa na respiração do padre e capturei a palavra.

— Oferecemos para a prefeitura a placa com o nome do prefeito na inauguração. Todo político gosta disso. Temos isso para oferecer.

Logo passei a palavra para o padre.

— Sim, uma boa estratégia. Todos aceitam desta forma? Houve uma agitação que indicava anuência à proposta, mas o padre quis se certificar.

— Alguém é contrário à construção de uma caixa d'água potável na Serra do Fundo, que será financiada pelos comerciantes do Pueblo Novo com uma contrapartida do governo?

Uma senhora mais gorda, casada com um comerciante contrapôs.

— Acho que não precisa de tudo isso. Hoje quem quiser vai lá na serra e pega quanto quiser de água, muitas pessoas fazem isso.

— Só faz isso quem tem dinheiro para ir pegar esta água. E por aqui, que eu saiba, a maioria não tem.

Irrompeu um senhor sentado ao fundo, continuou:

— A maioria do pessoal não tem carro ou caminhonete para ir buscar.

Houve uma agitação concordando com a ideia do homem ao fundo. Então uma linda jovem, entre vinte e trinta anos, pediu a palavra. Seu nome era Jasmim Maria, soube depois. Funcionária pública concursada, enfermeira formada em Montevidéu. Trabalhava no posto de saúde do Pueblo. Ela levanta a mão, logo fica de pé e diz, um pouco nervosa, mas com voz determinada.

— Concordo com o senhor que me antecedeu e gostaria de complementar com algo que vejo como fundamental em toda essa história. A saúde da população, principalmente das crianças. Das 1.200 crianças do Pueblo, 132, mais de 10%, apresentam o mesmo sintoma. Diarreia, às vezes com febre. Estudos indicam que a água salobra, que é o caso da nossa aqui em Pueblo Novo, pode carregar muitas bactérias nocivas ao homem, então provavelmente o problema com as crianças está relacionado a esta água. Estamos consumindo uma água imprópria, e a caixa d'água é uma alternativa, sim, para termos acesso a água potável.

Terminou sua fala, olhou para mim e sentou-se. O padre rapidamente tomou a fala.

– Podemos então pôr em votação. Favoráveis e contrários à construção da caixa, pode ser assim?

Como não houve contestação, foi colocada a proposta em votação, e foi aprovada a construção. Foi montado um comitê gestor para organizar a doação dos comerciantes. Foi entregue o orçamento, e, enquanto não atingisse o valor estimado, a obra não se iniciaria. Esta condição fui eu que propus, argumentando que, se não atingisse o valor orçado, a obra ia parar no meio, podendo se deteriorar. Argumentei que, tendo o dinheiro todo na mão, poderíamos comprar o necessário para a construção, pagar em dia os trabalhadores e terminar mais rápido a obra.

O comitê começou a visitar os comerciantes. Depois de uma semana buscando as doações, constatamos que a arrecadação foi de apenas 67% do fundo previsto. Em paralelo entramos em contato com o Departamento de Rocha. Em uma reunião apresentamos o projeto para o responsável por obras, mais dois assessores do governo. Ao final, comentei sobre a inauguração, que poderíamos fazer um evento com a comunidade. Depois de estudarem o projeto, eles se propuseram a contribuir com o empréstimo de um caminhão, uma betoneira elétrica e toda a areia para a construção.

Com estes dados novos, retornei para a planilha atualizando as informações. Constatei que houve redução do orçamento, por conta da contribuição do estado, com isso, o fundo subiu para 76%. Propusemos uma festa beneficente com bingo, pescaria com peixinhos de papelão, arremesso de bola de meia nas latas e jogo de argolas, além das bancas de comes e bebes. Tudo para angariar dinheiro, visando completar o fundo estimado para a construção da caixa d'água. Pedimos para o departamento confeccionar dez medalhas de honra, que seriam entregues mediante doação no final da festa beneficente.

No dia da festa, por volta das 21h30, o comitê passou nas barracas para pegar o dinheiro angariado. Depois de tudo contado, concluímos que ainda faltava um tanto para fechar o orçamento. Então pegamos o valor e dividimos por dez. Este era o valor da doação para cada uma das medalhas. Explicamos quanto faltava para o povo que estava reunido e nos ouvindo, a maior parte da comunidade, e que poderíamos fechar o orçamento com as últimas doações. Falei das medalhas. Eu fui o primeiro a doar, na sequência o assessor do governo, depois rapidamente todas as medalhas foram adquiridas. No outro dia começamos a obra.

Concluída a obra, no dia da inauguração, depois que o assessor do governo fez sua fala, o mesmo jovem que se manifestou na reunião da comunidade, para a aprovação da construção da caixa d'água, pediu a palavra e solicitou ao assessor a aquisição de um caminhão-pipa. Rapidamente a comunidade se manifestou positivamente. Um consenso coletivo no "colo do assessor". Então, Jasmim Maria pediu a palavra.

— Eu sinto que o senhor é um bom homem, que se preocupa com as pessoas, com o Pueblo. Isso ficou claro, por conta de seu comportamento no processo de construção da caixa d'água. O que nós pedimos é que o senhor trate com atenção e carinho nosso pedido. Hoje não temos condição de adquirir um caminhão-pipa, o que vai dificultar a busca da água.

O assessor disse que envidaria esforços para a aquisição do veículo. Fomos três vezes à sede do Departamento de Rocha solicitar o veículo. Instruídos pelo assessor, fizemos uma solicitação formal, com um abaixo-assinado de 1.880 pessoas, e protocolamos o documento. Com dois meses deferiram nosso pedido. Foi doado à comunidade um caminhão-pipa usado, mas em boas condições.

Estava indo comprar arame de aço na loja de ferragens quando encontrei Jasmim Maria na rua. Essa mulher me impressionou desde a primeira vez que a vi. Linda, com um cabelo negro como a noite, liso e sedoso, que desce pelas suas costas deslizando como a brisa da manhã. Pele morena, corpo escultural. Rosto delicado como uma libélula que voava rasante quando expressava suas ideias. Justa, responsável, comunitarista, democrática, compromissada com seu social, sua comunidade. Uma ótima profissional. Como enfermeira, tratava todos da comunidade. A médica responsável pela região não morava em Pueblo Novo, aparecia de vez em quando. Jasmim Maria é que efetivamente cuidava da saúde dos habitantes do lugar. Todos gostavam dela, com exceção de algumas invejosas, que não suportavam sua beleza e inteligência.

— Olá, Jasmim, tudo bem contigo?
— Tudo bem, quanto tempo que não via o senhor.
— Me chama de Juliano.
— Ok! Juliano...
— Sim, acho que foi no evento de comemoração da entrega da caixa d'água.
— Verdade, quando estávamos solicitando o caminhão-pipa.
— Isso! Sempre gostei muito de suas falas para a comunidade, lúcidas, engajadas nos compromissos sociais comunitários.
— Obrigada, Juliano. Eu também valorizo muito sua atitude, doando seu trabalho para a construção tanto do píer, quanto da caixa d'água.

Percebi que Jasmim Maria estava atenta aos meus passos. Foram estas boas vibrações que me motivaram a fazer um convite, que me veio na hora, por instinto.

— Então! Posso te fazer um convite?
— Sim, pode.
— No sábado tenho que entregar alguns produtos no Chuí... com o saveiro, sabe?
— Sim, sei.
— Então, queria te convidar para ir comigo. Depois que entregar a mercadoria, estaremos livres para comer e beber

alguma coisa, tomar um sol, dar um mergulho no mar, almoçar, temos o dia todo.

— Tenho medo, não nado bem.

— Se você quiser, pode descer com uma boia, e eu estarei a seu lado te dando apoio. O lugar que penso em ancorar é tranquilo, mar calmo. No barco, tem uma escada de corda com a qual descemos seguramente. Teremos tempo para conversar bastante. Você faz o arroz e a salada, e eu preparo o peixe que iremos pescar... Fique tranquila, vou levar peixe congelado, caso a pescaria não seja boa. Levo também cerveja, água e refrigerante. Depois de entregar a mercadoria, podemos passar o dia no mar, voltamos à tardinha em segurança. O que você acha?

Percebi que ela hesitou em responder. *Foram muitas informações para processar*, pensei.

— Você já andou de saveiro?

— Não.

— Então! Tá aí a oportunidade. A previsão do tempo é boa, mar calmo. Faz assim! Não tem que decidir agora. Amanhã à tarde passo no posto de saúde e conversamos.

— Ok, até lá decido.

Jasmim Maria avaliou as consequências daquele passeio. O aceite poderia ser entendido por Juliano como seu interesse em se relacionar com ele já na primeira vez que se encontram. *Isso não cai bem*, pensou, dando voz a alguns valores morais que habitavam sua mente. *Mas se eu não quiser nada com ele, ele não vai me forçar, ele teria muito a perder, pois sabe que eu certamente o denunciaria. Ele não faria isso, eu sinto que não.* Jasmim Maria havia interrompido seu sanduíche do lanche da manhã, que fazia sentada no pátio interno do posto de saúde, para divagar sobre Juliano e seu convite. *Ele foi meio precipitado, mas senti o convite natural, era uma oportunidade boa, e ele teve coragem de me convidar sem nem mesmo me conhecer.* Jasmim voltou ao seu sanduíche com um leve sorriso. *E, além do mais, ele é legal e bonitão... Eu estou há muito tempo sozinha.*

Na tarde do outro dia passei no posto de saúde e conversei com Jasmim. Ela aceitou o convite.

Às seis horas em ponto, ela chegou ao píer.

— Bom dia, espero que não esteja atrasada.

— Chegou bem na hora.

Ajudei Jasmim a embarcar e rumamos para o Chuí. Ela estava maravilhada com o mar, as ondas, o vento e a bela paisagem litorânea. Teríamos que navegar cerca de cem quilômetros, o que daria por volta de duas horas até Chuí. Dei folga para o capitão e o marinheiro, só pedi que carregassem a mercadoria. No Chuí eu daria um jeito de descarregar.

Chegando lá joguei âncora com três metros de profundidade a setenta metros da praia. Mar manso. A operação seria rápida. Contratei, na hora, o serviço de dois ajudantes, que subiram no saveiro e descarregaram 220 quilos de peixe pescado na semana em Pueblo Novo e região em um pequeno barco, com motor de popa. Paguei na hora e em dinheiro o serviço. Os dois nos convidaram para tomar uma grapa, fomos. Jasmim aceitou nos acompanhar, pegou um copo também. A conversa foi boa, queria me inteirar das coisas no Chuí. Conversamos por volta de vinte minutos, "paguei a mesa", nos despedimos e retornamos para o saveiro.

Com meia hora de retorno, começo a preparar as varas de pesca de corrico no mar, ao mesmo tempo que explicava para Jasmim Maria como pescar.

Colocamos quatro varas no mar, todas travadas no barco. Quando a primeira vara envergou, destravei-a do suporte e comecei a puxar o peixe. Chamei Jasmim para que ela viesse pescar. Expliquei como funcionava o molinete, ela logo aprendeu. Na segunda fisgada, passei a vara de pesca para ela desde o início. Fez tudo certinho, colocou o peixe no barco. No final, pegamos cinco peixes. Um espada e quatro piaparas.

— Daqui a meia hora, vamos encontrar uma pequena enseada, então ancoramos. O lugar é uma piscina, muito manso. Ancorando começo a preparar a primeira porção de camarão. Temperei na véspera.

— Estou começando a perceber seus dotes culinários.

Eu sorri alegre. Fomos os dois de cerveja, do começo ao fim do passeio. O sol estava forte, então convenci Jasmim Maria a descer pela escada de cordas até a água. Foi um momento de aproximação. Ela não sabia boiar, então eu ensinei. Uma velha estratégia para se aproximar de uma garota. Segurei-a por baixo e fui soltando aos poucos, até que ela conseguiu, então passou uma onda que assustou a menina, fazendo com que ela se agarrasse em mim. Dei conforto e segurança, abraçando-a com carícias. Jasmim Maria recebeu os afagos com timidez e consentimento.

Propus começar a preparar o almoço. Bebemos mais um pouco enquanto ela contava sua vida em Montevidéu, sobre seus pais, os estudos, entre outras histórias. Falei de minha paixão pela engenharia civil, dos meus empregos, da família. Almoçamos muito bem. Tomamos refrigerante e água, rompendo com o álcool para enfrentarmos bem o retorno.

Foi neste momento que tive a ideia de construir uma caixa d'água agora em Pueblo Novo. Jasmim Maria ouviu os argumentos e concordou com a proposta, se dispondo a contribuir para a construção.

Depois do almoço, antes de retornarmos, propus um "descanso". Levantei-me e fui mostrar a cabine para Jasmim Maria. Lá embaixo a cama estava aberta e arrumada, como tinha planejado. Ela recebeu naturalmente o convite. Descemos abraçados para a cabine, sentamo-nos na cama, já envolvidos por beijos e chamegos. Nos amamos e dormimos cerca de trinta minutos. Antes de iniciar o retorno, preparei um café. Fomos acompanhando o sol, que, se aproximando do horizonte, doou sua luz ao mar criando um lindo reflexo que nos acompanhou até a chegada ao píer, em Pueblo Novo.

No píer, já com o barco atracado, peguei na mão de Jasmim Maria e perguntei.

– Gostou do passeio?

– Sim, muito!

Ela respondeu com um sorriso, despediu-se e saiu. Chegando à esquina do quarteirão, virou-se e acenou para mim, que retribuí o aceno com entusiasmo.

Iniciei o projeto da caixa d'água em segredo com Jasmim Maria. Quis estudar com calma o local, o tamanho e a forma da caixa d'água, para só depois apresentar o projeto para a comunidade, já com o orçamento da obra.

A obra foi aprovada, a prefeitura emprestou novamente a betoneira e um caminhão por uma semana, que chegou com uma carga de areia o suficiente para a construção. O resto do material conseguimos na comunidade. Desta vez o custo da obra foi bem menor, o que facilitou angariar os recursos.

Em um mês, a obra estava pronta. A caixa instalada na comunidade facilitou a coleta da água pelos moradores. O uso do caminhão-pipa também se tornou mais eficiente, pois não precisava buscar água na Serra do Fundo todo dia, tornando mais econômica a operação.

Cerca de dois meses depois que terminei a caixa d'água comecei a sentir fortes dores de cabeça, vinham do nada. Num primeiro momento, achei que era enxaqueca, mas depois também veio um enjoo constante, algumas vezes eu vomitava. Comentei com Jasmim Maria, e ela já me agendou com a médica do posto de saúde, que logo visitaria Pueblo Novo. Fiz a consulta, e pelo que descrevi a médica achou por bem fazer um eletroencefalograma. Fui para São Paulo tentar resolver isso. Consultei com um especialista, que realmente mandou fazer o exame indicado pela médica. Esperei o resultado e fiz o retorno ao médico. Foi diagnosticado um aneurisma cerebral. Recebi a indicação de uma operação. Grosso modo, cortar a parte ulcerada e ligar a veia. Uma operação delicada.

Depois de sete dias na capital, matei a saudades de amigos e familiares e descobri meu problema de saúde. Saí de São Paulo com a operação marcada.

Depois de uma viagem longa, cheguei a Pueblo Novo de tardezinha. Descobri que Jasmim Maria tinha ido acompanhar um parto na roça. Por pedido dos familiares da menina grávida, Jasmim Maria tinha ido acompanhar uma parteira para o nascimento de José Antônio. Este seria seu nome.

Tomei banho, comi algo e fui para a varanda com uma cerveja, querendo relaxar da tensão que estava passando. Resolvi ir à casa do padre para contar as novidades. Passei no começo da noite. Ele me recebeu com apreensão.

— Então, meu filho, me conte, o que você tem?

— Aneurisma cerebral, padre.

Senti a aflição do padre, então tentei acalmá-lo.

— Nada muito grave. Vou fazer uma operação de risco, mas os médicos são unânimes em indicar a operação, melhor do que não fazer.

— Você já marcou?

— Sim, estas operações são demoradas, e poucos médicos fazem em São Paulo, será dentro de um mês e meio.

— Meu filho! Que momento difícil para você, eu imagino. Se você me permitir, se for de seu gosto, vou colocar nas intenções das minhas missas o pedido de seu restabelecimento e também pedir que sua dor seja amenizada nestes tempos difíceis que vais viver.

— Obrigado, padre, eu agradeço. Neste momento, qualquer energia positiva é bem-vinda.

Saí da casa do padre menos angustiado, com um pouco mais de esperança no coração.

Senti as ondas baterem nas canelas, deixando bolhas de espuma em minha perna. Observei por um tempo aquele contato. Comecei a andar em direção ao píer, agarrei a areia com os dedos dos pés, senti a conexão. Me abaixei no píer e encostei na pilastra.

Inevitavelmente pensei na operação, no perigo da morte, então me veio um apego à vida e falei para os deuses:

— Quero viver, posso criar ainda mais do que o que eu já produzi. Tenho que fazer tudo para dar certo, ficar saudável de corpo e mente. Jasmim Maria e o Pueblo são uma força para eu continuar nesta vida. Tenho muitos afetos, compromissos e projetos que me chamam para viver.

Ouvi o ranger da areia, era Jasmim Maria, que, tão logo soube de minha chegada, foi me procurar.

— Achei que te encontraria aqui.

Ela pegou seus chinelos e ajeitou para sentar-se neles.

— Depois que cheguei, fui conversar com o padre. Terminada a conversa, vim andando e parei aqui.

— Eu imagino o que está passando na sua cabeça neste momento.

Jasmim Maria pegou em minhas mãos, não só para me acalmar, mas para nos conectarmos.

— Me conta como foi lá.

Contei a ela a mesma história que contei ao padre, só que diferente em algumas ênfases. Fiquei mais afetivo, passional, o que me fez chorar em alguns momentos.

— Ficarei de sentinela, aguardando sua volta, sarado. Não quero te perder, você faz muito bem para mim e para o povo daqui, saiba disso!

Jasmim Maria chegou ao meu lado e me abraçou forte. Me beijou na boca e voltou para suas sandálias. Naquele momento senti o amor que tinha por ela, era uma força para continuar nesta vida. Então revelei:

— Caso eu não volte, vou deixar a empresa e a casa para você. A empresa está bem, até crescendo, não precisa vender. Mas caso queira, por qualquer motivo, dê preferência para João Vitor, que é quem trata de tudo hoje, facilite para ele comprar. A casa, eu gostaria muito que você morasse nela. Queria te pedir isso há muito tempo, mas não tive coragem. Já fiz o testamento, está tudo documentado.

— Não posso aceitar, Juliano! Tem sua família.

— Me desliguei de tudo e de todos há muito tempo. Eles não precisam disso que construí. O meu querer é deixar para você.

— Vamos tirar isso da cabeça, você vai voltar.

— É o que eu quero também, mas nunca se sabe.

Chegou o dia da operação. Viajei para São Paulo. Na hora da cirurgia, na frente do anestesista e do cirurgião, pedi que eles me ajudassem a continuar vivendo, pois tinha um amor me esperando e uma comunidade para cuidar e com ela conviver. Quando acabei de falar, senti que poderia ter constrangido os dois, então falei novamente:

— Eu sei que farão o que puderem para dar certo, não tenho dúvidas disso.

Logo o anestesista me tranquilizou.

— Relaxe o corpo, vou aplicar a anestesia. Quando você voltar, tudo estará resolvido. Falou com um sorriso técnico, mas verdadeiro.

Na espera da reação da anestesia, veio a imagem de minha mãe me pedindo garra. Então ela foi sumindo e foram aparecendo pontos brilhantes de luz.

Logo a operação se iniciou.

FIM

MÊS III

BRUNO

ENERGIA/CHAMA/ENERGIA - 06/11

Na ciclovia aparece uma leve descida em linha reta, então diminuo a força da pedalada, tiro a mão do guidão, ponho na perna e estico o corpo. Com o corpo estabilizado e uma pedalada contínua, aponto a vista para o horizonte. O fundo da paisagem era um azul encorpado, profundo, mesclado com um marrom melado, indo para o amarelo claro quanto mais próximo do sol ficasse. Imagem entrecortada por árvores que compunham os dois lados da ciclovia. Um verde-escuro imperava, foi o melhor momento do dia. Cheguei feliz ao apê. Tudo que tinha para fazer fiz contente, até chegar aqui, ainda feliz, é claro. Depois de trancar a bicicleta no estacionamento, enquanto subia a escada, olhando meus pés nos degraus, me veio a ideia para um capítulo.

Me lembrei do meu primo Jacó. Quando criança, eu ouvia de minha mãe que ele era maltratado pelos meninos na escola. Sofria agressões, roubo, humilhações, que perduraram por todo o período escolar. A mãe falava que ele começou a ficar esquisito, meio fechado, mas se apoiou nos estudos e nas leituras, lia de tudo, tinha sede de conhecimento. Sempre foi criativo e engenhoso. Eu lembro que ele gostava de montar carrinhos de caixa de fósforos. Pedia para minha tia botão de blusa para fazer de roda para as caixinhas de fósforos. Gostava de estudar e tinha queda pela matemática.

Virou engenheiro, formado por uma universidade pública. Como engenheiro mecânico, trabalhou por alguns anos em pequenas indústrias, até que foi contratado por uma empresa alemã que produzia sistemas hidráulicos de grande porte. Depois de dois anos de atividade, houve uma mudança estrutural na empresa, ocorrendo um enxugamento do pessoal. Foi proposta uma demissão remunerada, que ele aceitou. Jacó já vinha economizando e poupando para montar sua própria empresa. Aquele foi o momento propício para enfrentar essa empreitada e iniciar a atividade. Encontrou um sócio irlandês, mais velho, que viu em meu primo um forte potencial de trabalho. Me lembro de ele elogiando Jacó em almoço de família. A empresa cresceu, e ele ficou rico.

    Nunca se casou. As más-línguas diziam que ele era homoafetivo, sem nenhuma prova disso. Parece que as pessoas precisam encontrar um modelo de comportamento para encaixar o outro. O certo é que essas pessoas, inclusive familiares, eram moralistas e preconceituosos. O ser homoafetivo para estas pessoas é um problema, um defeito. Meu primo é tímido e não dá muita satisfação de sua vida. A forma como ele exerce sua sexualidade é problema dele. Existem pessoas que não dão valor a sexo. Sublimam de outra forma sua libido. Ele poderia ser perfeitamente uma destas pessoas. Tinha uma noção de justiça social muito própria. Mesmo tendo condições materiais, vivia uma vida normal, sem ostentação. Podemos dizer que ele é um homem bom. Pagava um plano de saúde completo para seus pais. Já emprestou dinheiro para o tio Oswaldo, uma pessoa meio encrencada, que mete os pés pelas mãos nas finanças. Certa feita contraiu uma dívida que não teve condições de honrar, ficou com o nome sujo na praça e quase teve sua casa hipotecada, não fosse o Jacó interceder. Meu primo é organizado, centrado, e o trabalho é a coisa mais importante para ele.

    Num dado momento, na sua empresa, começou a dar bolsa de estudos para os filhos dos funcionários. Acho que fez isso como forma de amenizar os conflitos e traumas de sua infância, é o que eu penso! Acreditava que, dando condições para as crianças estudarem, de alguma forma evitaria o que ele passou, confidenciou para mim na reunião de seu aniversário, quando estávamos a sós em uma reunião de família e com uns vinhos na cabeça, no alpendre da sala de estar. Ele tinha um pensamento legal que era *energia positiva chama energia positiva*. Me disse que dava uma bolsa de estudos para funcionários, mas o bolsista não podia reprovar em nenhuma matéria, ele dava condições materiais para os meninos e meninas estudarem. Pastas, cadernos, livros, folhas, canetas, lápis, tudo isso o funcionário podia comprar que seria ressarcido mediante a apresentação de nota fiscal. Incluía também a compra de vestuário, enfim, era um ótimo incentivo para que aquelas crianças "decolassem" e conseguissem ter qualidade de vida, por conta de uma boa formação. Me disse que aquele gasto dava bem menos de 1% dos rendimentos da empresa, palavras dele.

Mas não foi fácil convencer os acionistas da empresa. Quando ele apresentou o projeto, houve objeções por parte de alguns. Diziam que o projeto apresentava um custo alto e que fugia das diretrizes da empresa. Meu primo contou que argumentou sobre a importância social deste trabalho e que essa atitude seria positiva aos trabalhadores, o que levaria a uma maior eficiência no trabalho. Ele me disse, com um certo pesar, que muitos acionistas não acreditavam que essa ação levaria a uma melhoria na atuação dos trabalhadores. Mas, com os olhos brilhando e uma certa alegria, enfatizou a fala de um jovem acionista que, além de concordar com os argumentos do meu primo, colocou a questão da imagem da empresa, que poderia ser explorada nas propagandas. Se contrapôs também à ideia de que o custo do projeto seria muito alto. Ele fez um cálculo rápido da porcentagem do valor do projeto com o lucro da empresa no último ano e mostrou que o valor era irrisório. Segundo meu primo, foram os argumentos dele que convenceram um bom número de acionistas a votarem na proposta de subsídio para o estudo dos filhos dos funcionários, que ganhou com pouca margem a votação.

Certo dia, inusitadamente ele me convidou para tomar um lanche numa padaria, no fim da tarde. Eu topei. No meio do nosso lanche, eu com uma torta de frango com catupiry, ele com um bauru, me disse:

— Lembra que eu te contei de um acionista que, na votação da proposta do projeto social que eu apresentei, defendeu a proposta?

— Numa assembleia na sua empresa?

— Isso! Então, estou dividindo o apartamento com ele.

— Nossa, que massa!

Disse rápido.

Comecei a processar a informação e lembrei que ele era visto como homoafetivo por algumas pessoas. Refleti sobre as possibilidades do novo habitante de seu apartamento estar indo morar por outro motivo. Meu primo não necessitava compartilhar o apartamento por questões financeiras, sempre viveu sozinho, gostava disso, uma vez me confidenciou. Foram segundos de pensamentos, então Jacó interveio:

— Ele trouxe alegria para minha vida, nós nos completamos, estou mais feliz.

— Isso é que importa, primo, o resto é resto. Se nós não formos atrás de nossa felicidade, quem vai?

— Penso assim também.

Mudamos logo de assunto, fizemos o inventário da família. Como está fulano, e o que faz o tio, a prima, a sobrinha...

Nada explícito foi dito, nem era necessário. O mais importante ele me revelou, estava feliz.

FIM

Depois da história do projeto e da confidência sobre o jovem acionista, vi meu primo Jacó com outros olhos, ele subiu muito no meu conceito. Sua política social dentro da empresa lhe conferiu um prêmio da federação das indústrias. Realmente, energia positiva chama energia positiva. Depois daquele momento mágico que vivi de bicicleta, me lembrei de uma coisa boa, a história de meu primo Jacó, que me estimulou a produzir este texto.

BRUNO

NOITES CALMAS - 09/11

Um colega militante anarquista, do tempo da faculdade, me ligou para saber como eu estava. Foi bom falar com ele, gostei de ele ter se lembrado de mim. Conversar com ele me fez recordar dos tempos de faculdade, das ideias "revolucionárias" que elaborávamos, regados a muita cerveja. Sempre queríamos romper com os paradigmas vigentes, sacudir as estruturas, as pessoas para conseguirem sair do inelutável cotidiano. Então lembrei de uma ideia compartilhada e executada com ele, que me inspirou a escrever.

Eu era bem jovem e estava na casa de meu pai. A porta da sala que dá para o hall de entrada já estava aberta, permitindo a passagem da brisa da noite. Sentei no hall e fiquei checando as redes sociais, lendo e respondendo algumas coisas, favoritando e curtindo outras.

Olhei o surrado portão de entrada, de ferro maciço. Observei dentro e fora da propriedade, o território e o espaço público na urbe. Da varanda se via uma pequena praça, ficava na frente da casa. Todo o gramado da praça estava perdendo lugar para o lixo, principalmente restos de embalagem de alimentos, e para outras plantas, que começavam a ocupar o espaço. No centro da praça, tinha um parquinho infantil com quatro brinquedos. Um escorregador sem um degrau e com muita ferrugem, um trepa-trepa desalinhado, à deriva. Provavelmente alguém mais pesado, um adulto, é bem possível, subiu e entortou toda a estrutura. Um gira-gira um pouco torto e cercado por uma vegetação que só interrompe seu domínio na areia do brinquedo, e por fim uma gangorra que eu não tinha certeza se ainda funcionava. A sensação maior que tive foi de abandono, aquilo me inquietou. Os espaços públicos estavam perdendo lugar. As praças e os centros esportivos estão abandonados pelas autoridades.

Não vi a hora passar. Senti fome, eram 19h e já dava para jantar.

Preparei um miojo, misturei com alguns legumes que tinha na geladeira e pronto. Pensei onde comeria, me lembrei do hall e fui para lá. Entre uma garfada e outra, pensava sobre o espaço público. Então me veio a ideia de convidar um amigo para fazer uma performance. A ideia foi essa.

Sentado e/ou deitado numa espreguiçadeira em um gramado público, sem placa de Proibido Pisar na Grama, em um setor movimentado da cidade, passaríamos a tarde lendo, descansando, andando no gramado... Por toda a tarde. Buscando, com isso, constituir um fato político acerca do uso público do espaço da cidade.

Lembrei-me do Pablo, colega de faculdade, ele tinha uma radicalidade que encaixava na proposta, gostava dessas coisas. Falei com ele, ele topou na hora.

Marcamos algumas reuniões em sua casa para pesquisarmos os espaços urbanos que poderíamos utilizar. Buscamos informações da prefeitura. Depois de uns três contatos, encontramos uma funcionária que nos enviou um arquivo com uma planilha dos parques, jardins de infância e centros esportivos com os devidos endereços, áreas de supervisão e manutenção do município. Mas foi no Google Earth que encontramos o melhor lugar. Pegamos duas cadeiras espreguiçadeiras do meu pai, pusemos no carro e fomos para o gramado de um jardim, entre uma avenida movimentada e uma rua mais calma. Chegamos por volta das 14h40. Montamos as cadeiras e passamos a tarde naquele lugar. Levamos um guarda-sol. Além de nos proteger, ele criava um impacto visual que fortalecia, de certa forma, a performance. No transcurso da tarde, muitos carros buzinavam para nós. Em uma caminhonete carregada de grandes placas de vidro temperado, o passageiro gritou: "vai trabalhar, vagabundo!". Tivemos três abordagens. O primeiro foi um rapaz que perguntou o que estávamos fazendo e qual a nossa intenção. Falamos que queríamos valorizar o esquecido e abandonado espaço público, incitando as pessoas a utilizarem o lugar. O menino fez sinal de positivo e disse "legal!", sorrindo para nós dois e saindo ligeiro. Ficamos felizes com este primeiro contato, pouco mais de vinte minutos depois que chegamos.

As buzinas apareceram todo o tempo que ficamos ali. Perto das 16h um guarda municipal veio nos abordar. Explicamos o que queríamos com a performance, argumentamos que não estávamos fazendo nada de ilegal. Nos ouviu e não teceu nenhum comentário, só informou que, se nossa atividade começasse a atrapalhar o trânsito, teríamos que sair, o que concordamos sem problema.

Naquela paisagem monótona, previsível, percebi um movimento diferente. Uma senhora tentando atravessar a avenida em direção ao gramado em que estávamos. Acompanhei seus movimentos desde que a avistei. Ela aparentava ter cinquenta anos, mas se vestia como se tivesse setenta anos. Lembrei de algumas fotografias em festas de família que meu pai guardava, nelas havia mulheres mais velhas. A mulher que se aproximava de nós se vestia como elas. Quando chegou próximo nos observou por um tempo. O silêncio que imperou transbordou o tempo que se espera para uma fala inicial, criando uma tensão e um certo constrangimento, interrompido pelo meu amigo, que não aguentou a pressão e, com um olhar enfático, disse:

— Sim!

Como se saísse de um transe, a senhora começou a remexer na bolsa, encontrando um papel amassado com um endereço, que entregou para mim, perguntando:

— O senhor sabe onde fica?

Olhei o nome da rua, que eu não conhecia. Então peguei o smartphone pesquisei a rua e o trajeto para chegar no destino e descobri que distava quinze quilômetros do ponto onde estávamos. Fui confirmar na pesquisa se não tinha ocorrido nenhum erro, mas não! Eram quinze quilômetros mesmo. Me chamou a atenção o lugar. Sociedade Eubiose. Peguei o endereço e pesquisei em mapas no smartphone. Mostrei o mapa para ela. O ponto onde estávamos e a rua que deveria pegar para fazer o trajeto. Apontei a rua no equipamento, depois estiquei o dedo em direção à rua, no espaço urbano. Ela seguiu meu dedo e após um instante anuiu. Passivamente, pegou o papel, com um sutil sorriso no rosto, e continuou nos olhando. Inesperadamente, meu amigo falou:

— A senhora não vai perguntar o que fazemos aqui?

Calmamente ela respondeu.

— Vocês estão sentados numa cadeira neste gramado e me informaram sobre a distância do destino que eu procuro, muito obrigada.

A senhora, que parecia estar em outro tempo, colocou o endereço na bolsa, se despediu e saiu. Ficamos sem ação, um olhou para o outro e só. Fui novamente seguindo com o olhar a senhora e pensando como as pessoas são diferentes.

Terminamos a performance, ainda estava claro. Fui pegar o carro para colocarmos as cadeiras. Deixei meu amigo em casa e rumei para a casa do meu pai. Guardei as cadeiras e na sequência fui inspecionar a geladeira e a despensa. Arranjei um bom lanche e fui para o hall. Estava me acostumando a comer neste espaço. Batia uma brisa noturna que acalmava o calor do dia, esta tranquilidade me remeteu à sensação que tive neste hall quando tive a ideia da performance no gramado público.

Diferente daquele dia, a calma agora vinha acompanhada de um sentimento de realização.

Comi meu lanche sem pressa. Resolvi verificar minhas mensagens no smartphone, quando me deparei com a janela aberta do programa que traça as rotas pelo GPS. E estava lá a Sociedade Eubiose. Fui pesquisar e descobri que tinha a ver com cultos orientais que investigavam as dinâmicas previsíveis dos acontecimentos. Cultuavam os *mundos subterrâneos*, de origem muito remota. Os Incas-Indi atribuem sua origem ao povo dourado (subterrâneo) a partir de Manco Capac e Mama Ocllo. Aquela informação me transportou no tempo. Uma sociedade subterrânea nos Andes, desconhecida e que pode ser descoberta por uma equipe de arqueólogos. Pensei que essa história poderia se tornar um conto. Um conto de ficção científica.

Deitei o prato na mesinha ao lado da cadeira e, imbuído de um sentimento místico, atribuí um poder àquela brisa calma da noite que passava pelo hall de entrada.

FIM

VIRGÍNIA

GIUSEPPE VERDI E A SAUDADE - 18/11

Já fazia três anos que eu estudava violino. Ensaiar as peças e apresentar somente para os colegas era bom, mas insuficiente para mim. O esforço que estava fazendo, o trabalho que tinha para "tirar" uma música tinham que ser compartilhados com mais pessoas, para o público em geral. Sentia que isso daria mais sentido à minha dedicação e seria um estímulo tocar para o público. Muitos colegas no conservatório ficavam tensos quando apresentavam em público, mas comigo, não! Tive um professor na faculdade que dizia, em relação à apresentação de seminários para avaliação, que a melhor forma de vencer o nervosismo era dominar bem o conteúdo que seria apresentado, dizia ele:

— O difícil é o começo, depois que engrena sai tudo fácil.

Eu acatei esta orientação, inclusive para os estudos musicais. Acho que essa vontade, ou necessidade de apresentar, foi também por conta do meu desenvolvimento no instrumento.

Então apareceu a oportunidade de apresentar uma peça em um festival de música erudita, no Sesc Pompeia. Escolhi a peça "Va pensiero sul ali dorate", de Giuseppe Verdi, da ópera Nabucco. Optei por um arranjo para piano e violino. Falei com o meu professor do conservatório para me ajudar a encontrar um pianista para trabalharmos a peça. O professor acionou seus contatos e encontrou três que se interessaram em fazer a entrevista e o teste.

O primeiro, um velho professor, meio deprimido, tinha sido desligado do conservatório em que trabalhava, por conta das críticas que os alunos fizeram quanto ao seu comportamento muito austero e arrogante. Ele tocava muito bem, mas senti que com ele não desenvolveria um bom trabalho. Como eu tinha a prevalência para a escolha, descartei o professor. O segundo era uma senhora que tocava sem muita expressão. Parecia que ela tocava por obrigação, lia perfeitamente a partitura, como um escrivão relata uma ocorrência. Não sei qual foi realmente o motivo, mas escolhi o terceiro. Um pianista que, embora jovem, tocava há muito tempo. Ele pediu quinze dias para estudar a música, antes de começar os ensaios conjuntos. Eu, embora já conhecesse a música, aproveitei este tempo para aperfeiçoar minha performance.

Começamos os ensaios, e eu sentia que a música de Verdi tinha uma melancolia que criava um certo clima romântico. O jovem pianista era venal, expressivo e muito sensível. Nossas conversas foram, com o passar dos ensaios, ficando mais íntimas, existia uma afinidade natural. Havia nele uma timidez que aos poucos foi desaparecendo e mostrando sua paixão pelo que faz, sempre muito entusiasmado pelo trabalho. Com o tempo comecei a sentir uma certa atração pelo menino. Via que ele não era muito experiente com as mulheres, o que o tornava mais charmoso, e ele, em sua inocência, dava sinais de seu interesse por mim sem intenção, pelo menos eu sentia assim. Teve um dia que avançamos o ensaio até o adentrar da noite, então, quando terminamos, propus que jantássemos juntos. Ele não esperava a proposta, ficou meio desconcertado, mas aceitou.

No jantar, o menino contou uma história de seu avô norueguês que veio para o Brasil, constituiu uma família e uma carreira exitosa, mas sentia saudades da Noruega, da sua cidade natal Odda. Sempre comentava, saudoso, momentos vividos em Odda. Destilava seu saudosismo ao sabor de Limie Aquavit, um licor norueguês típico, que, depois de um tempo, ganhei de presente. O pianista contou que ele chamava os netos e contava, com melancolia e saudosismo, a vida que havia vivido em sua terra.

Depois de tomar umas taças de vinho, comecei a dar umas deixas de que queria ficar com ele. Parecia que ele não entendia, embora se mostrasse entusiasmado. Mas eu estava decidida. Lembro que olhei a garrafa de vinho pela metade e então falei:

— O que você acha de terminarmos este vinho em minha casa?

Desta vez ele foi mais rápido e assertivo. O vinho desembaraçou os conflitos internos do garoto, e ele logo aceitou. Em casa conversamos nós três. Eu, ele e minha colega de apartamento, que ficou só um pouco conosco, percebendo o clima no ar.

Conversamos sobre a peça, ele me explicou por que se lembrou do avô. Tinha a ver com um trecho da ópera Nabucco, da qual iríamos apresentar um arranjo para piano e violino. Segundo ele, era o trecho quando os Hebreus sentem saudades de sua terra natal e querem se ver livres da escravidão que os prendia.

Quando o vinho acabou, o jovem pianista fez menção de ir embora, então entrei em ação, conseguindo persuadi-lo a ficar.

— Você quando toca fica muito lindo, gosto quando você está tocando e levanta a cabeça, como que se comunicando com o cosmo, com os deuses, para levar a mensagem que a obra oferece. É muito lindo.

Comecei a acariciar sua cabeça. Meus dedos corriam por entre seus cabelos. Abrindo caminho, como uma nau corta os mares. No primeiro contato, ele se assustou, mas logo entendeu a carícia e se deixou seduzir. Então virou-se para mim com vigor e me beijou de uma forma desajeitada, mas deliciosa. Existia uma querência naquele ato. No meu quarto nos despimos rapidamente, para não perder a potência daquele momento. Nos amamos para além de hora.

Daquele dia em diante, todo dia depois do ensaio ele queria vir aqui em casa. Ele morava com os pais e, segundo ele, seus pais eram muito conservadores e não veriam com bons olhos eu dormir lá em sua casa. Aquilo me chateou, então comecei a cortar suas idas para casa. Eu gostava dele, mas não existia paixão.

Apresentamos a peça e foi um sucesso. Nosso relacionamento terminou pacificamente logo após a apresentação. Depois de comemorarmos com o pessoal do conservatório, com vinhos e pizzas lá no Bixiga, ele dormiu em casa. De manhã, quando acordamos, ele tomou um café preto e rapidamente quis ir embora. Nos despedimos com um beijo ao pé da porta do apartamento e nunca mais nos vimos. Foram quase três meses de relacionamento, entre os ensaios e a apresentação, e ficou por aí.

VIRGÍNIA

O DIA DA BANDEIRA - 22/11

Nesta manhã cheguei à cozinha e a pequena televisão de minha amiga já estava ligada. Tomando café escutei uma notícia informando que hoje se comemorava o Dia da Bandeira.

Isso me fez lembrar um episódio de minha vida que poderia escrever para o livro, à noite. Depois do trabalho trataria disso.

Quando eu era adolescente, me lembro de ter ouvido uma conversa entre a empregada que trabalhava em casa com sua filha de catorze anos, a Ana. A menina questionava a mãe em relação ao que ela tinha aprendido na escola sobre a bandeira nacional. Dizia a menina que a professora tinha ensinado que a bandeira evocava a justiça e o amor. Neste dia percebi como era inteligente aquela garota pré-adolescente. Ela argumentava com a mãe que aquilo que a professora falou não refletia na vida, no dia a dia, com as pessoas. Não existia justiça! O que existia eram muitas diferenças sociais, dizia a menina. A mãe mais de uma vez disse à filha para não seguir este caminho da rebeldia e que esta atitude poderia trazer problemas para ela. Me lembro da mãe dizendo para Ana "cada macaco no seu galho, temos que saber qual posição temos, devemos viver a vida com dignidade, com trabalho, e que, com muita determinação e esforço, podemos alçar uma posição melhor na vida", dizia a senhora. Me lembro da resposta que a menina deu, falando que a competição era muito injusta, era a mesma coisa do que, numa corrida, a gente competir com um saco de cinquenta quilos nas costas, nunca vamos conseguir ganhar, dizia ela.

Com apenas catorze anos, seus argumentos me impressionaram, me marcaram, me inquietaram. Eu estava na sala de jantar sentada junto à mesa, de onde podia ouvir bem a conversa.

"Estava folheando uma revista quando vi a menina sair da cozinha furiosa, indo direto para o quarto onde dormia apertada com sua mãe, a empregada." Contei esta história para minha mãe e perguntei se não poderíamos fazer algo por esta menina tão inteligente, como poderíamos ajudá-la? Senti que minha mãe ficou impactada. Pôs-se a refletir por algum tempo e me disse que conversaria com meu pai. Passado um tempo, minha mãe veio alegre me contar que meu pai era amigo de um dos proprietários de uma escola de segundo grau e que tinha conversado com ele sobre a menina e sobre a perspectiva de conseguir uma bolsa para ela. Então fizeram um acerto, no qual a escola daria uma bolsa de 50% do valor da mensalidade para os três anos do segundo grau e meu pai arcaria com os outros 50%. Nossa empregada estava conosco há um bom tempo, e meus pais tinham muito apreço por ela e Ana, que ela educava sozinha, pois o pai havia desaparecido, nunca souberam do paradeiro dele. Foi marcada uma reunião com as duas para apresentar a proposta e saber se elas estariam de acordo. Existia uma única condição. A menina não poderia reprovar em nenhuma disciplina nos três anos. A jovem pré-adolescente aceitou de pronto e comprometeu-se naquele momento a se empenhar nos estudos.

Depois que ela completou o primeiro grau, como era a denominação da época, ela logo iniciou os estudos e chegou até o terceiro colegial sem nenhuma reprovação, usufruindo desta oportunidade de uma forma muito competente. Mais tarde ela prestou vestibular e conseguiu entrar em uma universidade pública. Formou-se em Ciência Política. As últimas informações que tive dela foram que conseguiu se formar no nível superior, que era uma militante do movimento feminista negro a partir de uma ONG e que havia passado em um concurso para a prefeitura do município onde nasceu, não lembro o nome do município, nem o cargo que ela ocupava.

Foi por conta de uma crítica ao hino à bandeira que se desencadeou todo um processo de emancipação daquela adolescente. Se pensarmos a bandeira na sua origem, é uma referência ao estandarte, reflete um símbolo relacionado a um grupo, ao destaque de um dado grupo, chegando até as nações. No caso da bandeira brasileira, ela faz referência a uma concepção ideológica, o positivismo, que valorizava a ciência contra as trevas da idade média. Esta ciência, no contexto do capitalismo, se desenvolve e se mercantiliza. Bom, mas esta discussão não é o foco aqui. O que eu percebo quando me lembro de Ana é que o caráter ideológico do símbolo, bandeira, foi desmascarado por uma jovem inteligente e sagaz. Na origem, a flâmula, depois a bandeira, distinguia um grupo de outro, com suas terras e seu povo. A bandeira traz a história dos conquistadores, nas cores, nos brasões e nas frases contidas nela. Em nossa bandeira, a frase "ordem e progresso" reflete a ideologia positivista, que combatia o obscurantismo monárquico, trazendo na filosofia ou religião positivista uma referência à ciência e ao republicanismo. O poder transita de uma elite a outra, pois, com a república, as elites se fortaleceram, e o povo, a grande massa da população, se torna subalterno, num sistema de constante exclusão. Hoje as terras já não são do povo, muito menos as riquezas que elas produzem. Este hino é uma conversa fiada, uma conversa para "boi dormir". Interrompendo este pensamento, que fervilhava em minha cabeça, chega da rua minha amiga com uma bandeirinha do Brasil. Ainda no clima de minhas reflexões, perguntei:

— Por que você pegou essa bandeira?

Minha amiga estranhou a pergunta e deu uma resposta evasiva:

— Porque sim!

— Isso não é resposta, acho que você só pegou por vergonha, ou receio de não pegar.

— Sei lá, peguei por pegar. Não tive vergonha nem receio, só peguei, simples assim.

— Deixa pra lá, é encanação minha. É que estou escrevendo um capítulo sobre a bandeira e você chegou com uma em casa.

— Acho que eu não rejeitaria, porque eu valorizo a bandeira.

Respondeu com firmeza minha colega.

Esta foi a deixa para discutirmos um pouco sobre o significado deste símbolo e sua verdadeira função. Minha colega desconhecia a história deste símbolo, que desde o início da humanidade serviu para distinguir e diferenciar grupos humanos. Enquanto ela preparava um bolo de cenoura, com minha ajuda, conversamos sobre este assunto. Depois que pusemos a massa para descansar, fui para meu quarto e resolvi escrever. A ideia da bandeira como representação de um grupo me fez lembrar de uma coleguinha de bairro, na minha infância. Ela era bandeirante. Quando ela chegava das atividades, com aquele uniforme, sofria bullying dos meninos e meninas do bairro. Eu tinha pena dela. Ela não podia brincar na rua, a gente só se encontrava de longe, era estranho. Bandeira traz identidade, mas não tenho certeza se minha coleguinha se identificava com o escotismo, acho que era mais uma identificação dos pais. Indo por este caminho, me pergunto: que identidade o povo brasileiro tem com a bandeira nacional? Outras bandeiras já apresentam maior identificação, principalmente quando aparecem nos movimentos sociais. Bandeiras de partidos, de tendências políticas, a bandeira com arco-íris, do movimento LGBTQIAPN+, dos times de futebol nos estádios. Parece que nós humanos necessitamos apresentar uma representação visual que indique nossas preferências para os outros.

FIM

Interrompi meu fluxo de escrita, girei minha cadeira para o lado. Pude perceber um brilho prateado que refletia na janela. Pensei que provavelmente era a lua, fui confirmar. Abri a janela, e lá estava ela. Aquela brisa noturna, acompanhada do luar, me trouxe ânimo para sair um pouco. Como estava embalada com o capítulo que ora escrevo, resolvi tomar um banho e ir a um barzinho temático onde serviam vários coquetéis de café. Chamava-se Café das 22.

Cheguei por volta das 19h30 e pedi um coquetel à base de conhaque. Um pessoal estranho gritava na rua, muitos com a camisa da seleção brasileira, outros cobrindo o corpo com a bandeira, todos bem-vestidos, com celulares grandes, filmando e fotografando. Gritavam palavras de ordem que eu não conseguia escutar. Num momento, gritaram em uníssono "mito, mito, mito", única fala que consegui ouvir. Em frente ao bar tinha um terminal de ônibus, que ainda estava cheio, provavelmente de trabalhadores que esticaram a jornada. Os manifestantes incitavam as pessoas nos pontos de ônibus do terminal para engrossarem a marcha do reduzido grupo que se manifestava. As reações foram diversas. Alguns riram, outros mostraram indignação. Ninguém saiu da fila de seu ônibus para se juntar ao barulho.

Pedi um segundo drinque, o mesmo que havia bebido, agora acompanhado de um pedaço de torta de massa folhada recheada de frango.

Aquela cena que havia há pouco presenciado sintetizava tudo que tinha refletido sobre o Dia da Bandeira. O símbolo, a ideologia, o grupo, e como, em uma sociedade desigual, polarizada e plena de distanciamentos sociais, a bandeira nacional está presente.

BRUNO

O CAMARÃO EM PEREQUÊ - 23/11

No meio do serviço, me veio à mente aquele fim de semana inesquecível na praia do Perequê, no Guarujá, a quase cem quilômetros de São Paulo. Logo percebi que poderia ser um texto para a novela. Enquanto trabalhava, conforme dava uma folga, fui montando um roteiro para que, quando chegasse em casa, tivesse por onde partir. Seria só contar a história. Me animei com isso e em quatro momentos, ainda no serviço, estruturei um roteiro. Cheguei em casa, jantei rápido e logo fui escrever. Preparei um tererê para animar e mergulhei na história do capítulo.

❖❖

Essa história tem mais de uma década. Eu e mais três amigos estávamos em um barzinho, num sábado à noite e, já no auge da balada, decidimos ir para a praia do Perequê, no Guarujá, comer camarões, tomar sol, dar uns mergulhos no mar e, é claro, beber muita cerveja. Tínhamos que sair cedo. Então pagamos a conta do barzinho e fomos para casa arrumar as coisas e dormir o que desse. Algumas tarefas foram atribuídas. Quem levava a mala térmica, a churrasqueira, essas coisas. Chegamos no meio da manhã. Instalamos dois guarda-sóis, quatro cadeiras, uma esteira, três toalhas e uma caixa térmica lotada com cerveja, água, um salame, um queijo, pão de forma e um patê de apertar, aquele que a gente faz um furinho e passa direto no pão. Os quiosques de comidas e bebidas já estavam em funcionamento quando chegamos. Já tinha bastante gente na praia. Depois que nós montamos todo o esquema, sentamos na sombra e fizemos a primeira rodada. Logo começou a nos rodear um aroma sedutor de camarão frito, então eu fui escalado para ir pedir uma porção grande de camarão. Não podia ser melhor. O quiosque em que ficamos clientes disponibilizava um chuveiro de água doce, reservado, embora ao ar livre, e guardariam nossos pertences se precisássemos. Deixamos as coisas quando fomos ao mar. Quem sofreu um pouco para tomar banho foi Luiza. Tivemos que fazer uma barreira com as toalhas, para ela se secar e vestir a calcinha. Fui buscar a porção e, quando cheguei na praia com o sagrado petisco, tive um momento de euforia. Assentei a travessa de camarão e sentado falei:

— MARAVILHA! Não dá para querer mais. Esse mar, esse sol, que, ao que tudo indica, vai nos acompanhar todo o dia, essa cerveja gelada ao nosso lado e essa porção de camarão, que idealizamos ontem à noite. Olha ela aqui, cheirosa na nossa frente.

Lembro que Manoel Fernandes propôs um brinde e todos batemos latinha. Num dado momento me lembro que o Guedes lamentou dizendo que tudo aquilo ia acabar, que o lugar iria crescer, que o atendimento melhoraria por conta do aumento da demanda e que isso restringiria o consumo só para quem tem dinheiro e que a consequência disso é que a praia perderia seu charme, que o uso do espaço seria segregado, que o povo não teria mais espaço.

Esta fala causou polêmica, lembro bem. Quem se irritou mais foi Luiza, que o tachou de pessimista. Naquela discussão, argumentei que quem vai determinar o destino daquele espaço é o usuário e que as pessoas pobres sempre terão o direito de vir às praias, é um espaço público, e por aí foi a conversa. Num dado momento, não lembro quem propôs de irmos os quatro tomar um banho de mar. Mas logo veio a questão de onde deixar as carteiras e documentos.

Manoel Fernandes teve a ideia de pedir para o dono do quiosque em que éramos clientes, para ele guardar a mochila com as carteiras. Fui incumbido de conversar, por ter sido quem fez contato com ele. Lembro que solicitei a guarda da mochila e logo falei que depois do banho passaríamos para pegar umas cervejas e mais camarão. O senhor aceitou de pronto e falou que já reservaria porque, quando chegássemos do mar, provavelmente já não teria camarão. A atenção dele me cativou, lembro que fiquei feliz e agradeci muitas vezes para ele. Quando saí, achei que tinha exagerado, mas não pegou nada. Então fomos todos curtir tranquilos um banho naquelas águas calmas da enseada.

À nossa volta, vários núcleos de pessoas, famílias, colegas, namorados. Ficamos um bom tempo na água. Quando saímos, fomos direto para o quiosque, pegamos duas cervejas e mais uma porção de camarão, que era a metade do preço que se vendia em São Paulo. Batemos uma água para tirar o sal e fomos para os guarda-sóis. Com o corpo relaxado do banho, tomamos uma rodada de cerveja comendo aquele camarão delicioso, inesquecível. Acho que, por conta do banho, do momento tranquilo em que estávamos, veio uma conversa bem bacana sobre o ócio, sua importância, seu valor, e a satanização do ócio pelo capitalismo, lembro disso!

Lá pelas tantas, paramos de pegar a cerveja no quiosque, para "matar" as latinhas que tínhamos levado. Me lembro nesta hora de Luiza começar a discutir o problema do individualismo nas relações, ela dizia que o que estraga é o ego das pessoas e o medo de se abrir, de se expor. Lembro que não teve polêmica na conversa, todos concordaram e foram acrescentando observações. Foi uma ótima discussão. Quando começou a anoitecer, fomos para o quiosque tomar um banho rápido e trocar de roupa. Decidimos jantar lá no quiosque mesmo. No cardápio tinha uma moqueca que vinha com arroz. A porção grande, segundo o dono, dava para nós quatro. Enquanto esperávamos a refeição, guardamos no carro todos os apetrechos de praia. Jantamos deliciosamente. Resolvemos sentar nas mesinhas de fora do quiosque. Passado um tempo, pedimos uma rodada de cerveja. Já noite feita, começamos a pensar no retorno. Pagamos a conta e iniciamos a viagem de volta. Paramos em um posto no pé da serra, enchemos o tanque, tomamos um café preto e tocamos para sampa. Chegamos por volta das onze horas. Lembro que tomei um banho e senti a ardência das costas. Me sequei e desmoronei na cama. Acordei sem ressaca, mas meio mareado. Fui me recuperando no decorrer do dia. Lembro desta sequência como se fosse hoje.

FIM

VIRGÍNIA

DIÁRIO DE LOURENÇO - 27/11

Hoje estou decidida a produzir um texto de ficção, algo vindo de minha imaginação, nada relacionado à minha vida ou ao meu cotidiano.

Resolvi apelar para a numerologia. Peguei cinco dados e joguei! Deu 61223. Fiz a soma e deu 14, a multiplicação, 72. O montante foi de 64.223, pensei em população. Depois, subtraí 14 de 72, deu 58, o que me levou para o ano de 1958. Subtraí do ano em que este texto foi escrito, 2022, e deu 64. Ditadura militar no Brasil foi o que me veio. Com estes dados apareceram indicações para a criação do personagem.

Lourenço nasceu em 1958. Tinha seis anos durante a ditadura militar. Considerando o montante de 64.223 como sendo uma população e estimando uma população de uma cidade em 1958 no Brasil. Cheguei de forma aleatória à cidade de Nova Lima–MG. Não tinha dados precisos, mas estimei que Nova Lima teria por volta de 60 mil habitantes neste ano. Então veio a história.

Meu tio Emílio sempre vinha nos visitar. Minha mãe, Janaina, era a irmã com quem ele tinha mais liberdade entre seus três irmãos. Existia um afeto recíproco. Eu gostava de ver os dois juntos. Ele sempre vinha brincar comigo. Me ensinou a jogar tampinha de garrafa. A gente ia pro quintal e ficava jogando um para o outro. Demorei para aprender a fazer a tampinha voar. O tio jogava, e a tampinha quase que parava no ar na minha frente. Isso eu não conseguia fazer. Ele era divertido, sempre trazia um brinquedo para mim, eu gostava dele por isso, mas não só por isso.

Então ele parou de vir em casa. Depois de um tempo, comecei a pensar nele. Perguntei para a mãe onde estava o tio, e a mãe falou que ele foi fazer uma grande viagem, que ia demorar para voltar. Ela falou com cara de triste e logo saiu para a cozinha. Depois de um tempo, fui pedir para comer maçã raspada, e ela estava chorando, com os olhos vermelhos. Ela disse para eu não ligar, que ela só estava um pouco triste, que já estava passando. Me puxou para seu lado e ficou acarinhando minha cabeça. Acho que ela estava com saudades do tio que nem eu.

Eu estudo na Escola Estadual Emília de Lima. Tenho muitos amigos, mas meu melhor amigo é o Lúcio, a gente senta junto na carteira. No recreio também fazemos o lanche juntos. Sempre experimentamos o lanche um do outro. Quando ele gosta de alguma coisa, aviso para a mãe fazer de novo, só para agradar meu amigo. A mãe dele quis conhecer minha mãe e convidou eu e ela para um lanche da tarde, depois a mãe fez a mesma coisa. Parece que ficaram amigas.

Contei para o Lúcio de meu tio Emílio, falei que ele foi fazer uma grande viagem. Lúcio me falou que um primo mais velho também fez uma grande viagem. Então pensei: *será que eles fizeram a mesma viagem?*

Peguei o caminhão e resolvi procurar meu tio. Rodei por estradas esburacadas, tinha que ir devagar. No meio do caminho, encontrei barras de ferro que eram difíceis de passar. Em alguns momentos tinha que voar com o caminhão para encontrar a continuação da estrada. Entrei numa floresta para ver se ele estava lá, não encontrei. Fui dirigindo até o posto de gasolina, deixei o caminhão para lavar. Parei de brincar e recostei no almofadão que ficava no chão. De repente acordei com minha mãe me chamando para fazer um lanche. Na hora do lanche, perguntei para a mãe se o tio ia demorar muito para chegar. Ela disse que não sabia dizer. Ainda sentia saudades do meu tio.

Hoje tivemos uma aula chata com o novo professor de história. Ele mandou decorar um monte de datas. Não entendi por que tinha que decorar aquelas datas, era difícil para mim. No intervalo, encontrei a diretora da escola, então perguntei para ela por que o professor de história tinha mudado. Ela me disse que ele tinha feito uma grande viagem, aí perguntei se ele ia demorar para chegar. Ela disse que não sabia dizer. Mais um que tinha viajado.

Hoje fui à tarde brincar na casa do Lúcio. A mãe dele fez um lanche gostoso. Depois do lanche perguntei para o Lúcio se o seu primo já tinha chegado. Ele disse que falou com a mãe há pouco tempo e ela disse que não sabia dizer. Então falei para o Lúcio que poderíamos procurá-los de caminhão. Lúcio me emprestou um caminhão, pegou um para ele e fomos procurar. Paramos nossa busca quando a mãe de Lúcio pediu para a gente entrar, que já estava tarde e minha mãe vinha me buscar. Não encontramos nem o tio, nem o primo do Lúcio.

Meu pai recebeu uma carta com um selo colorido, diferente. Eu que peguei com o carteiro e entreguei para ele. Ele disse para a mãe que era do Uruguai. Meu pai abriu a carta e ficou lendo, com minha mãe aguardando curiosa, esperando que ele falasse algo, me pareceu. Então ele disse com um sorriso que o Emílio estava vivo, lá no Uruguai. Minha mãe perguntou onde, meu pai falou que era só isso que ele podia informar, não falava onde estava. Mamãe começou a chorar e abraçou meu pai.

Ontem meu pai me chamou para sair. Ele ia lá na mina e me chamou para ir com ele. Chegando perto da mina, a estrada sinuosa despontou em um vale, e embaixo tinha um estacionamento com duas viaturas da polícia. O pai freou tão forte que eu até me assustei. Enquanto o pai fazia a manobra na estrada de terra para retornar, pude ver muitos trabalhadores amontoados ao lado do portão e dois entrando pela porta de trás do camburão da polícia.

Perguntei ao meu pai o que estava acontecendo. Ele demorou para responder... então finalmente ele disse que a polícia estava levando aquelas pessoas para conversar. Me disse que não tinha problema, para eu ficar tranquilo.

Mas por que estamos voltando?, perguntei. O pai pensou mais um tempo para responder, aí falou que era para não atrapalhar o trabalho da polícia. Na volta para casa, fiquei pensando no susto que eu tomei quando meu pai brecou. Achei que meu pai ficou assustado e não quis demonstrar. Eu gosto muito do meu pai!

Hoje pedi para ir ao banheiro, e a professora deixou. Quando estava indo passei pela sala dos professores, e a porta estava aberta, então ouvi uma professora dizendo que ele sumiu por tanto tempo, já devia estar morto. Eu acho que ela estava falando do professor de história. O que será que ele fez? Isso se for ele, né.

Eu fui de novo visitar o Lúcio, ia passar o dia com ele. A casa de Lúcio tinha um quintal grande no fundo. Lá pelas tantas, fomos jogar bolinha de gude. Ele tinha no terreiro uma área com vários buracos para jogar. Tinha que acertar nos buracos. Se errava, passava para o outro, se acertava, continuava jogando. Quando todos os buracos eram preenchidos, acabava o jogo. Ganhava quem encaixasse mais bolinhas nos buracos. A gente estava jogando quando do nada ele falou do seu primo.

Contou que um dia a polícia invadiu a casa de sua tia, foram no quarto do primo do Lúcio e vasculharam tudo. Sua tia, quando contou para o Lúcio, reclamou da desordem que fizeram em sua casa. Daí para frente, não souberam mais dele. Dizem que ele foi assassinado por política. Isso é o que eu ouvi do Lúcio. Toda esta conversa sem parar o jogo. Brincamos ainda um pouco, entramos para fazer um lanche e logo minha mãe chegou.

Dentre os escritos que coloquei em meu diário, selecionei aqueles relativos à minha experiência com seis anos vivendo um momento de exceção no Brasil, quando os militares deram o golpe com a deposição ilegal do presidente João Goulart implantando a ditadura no Brasil. Meu tio, um jovem jornalista recém-formado, não tinha nenhuma ligação com os grupos revolucionários que atuavam naquele momento, só não aceitava aquele estado de coisas, denunciando as atrocidades que estavam ocorrendo no Brasil. Naquele momento foi perseguido, e por pouco não foi preso. Fugiu para o Uruguai e lá se instalou por um tempo, depois foi para a Irlanda tentar a vida. Casou-se por lá, conseguiu cidadania e sempre trabalhou com jornalismo investigativo. O primo do meu grande amigo Lúcio já não teve a mesma sorte. Se envolveu com um grupo clandestino, foi capturado, torturado e morto. O professor de história teve o mesmo dramático destino, sendo que ele não tinha nenhum envolvimento com os movimentos rebeldes. A história contada por presos que o conheciam, isso nos anos de 1980, já no período da anistia, é que um sargento implicava com ele por ser culto e bem-informado. O chamava de "intelectualzinho de merda". Ele foi torturado severamente, de tal forma que não resistiu e morreu.

Agora, com 28 anos, resolvi publicar no meu blog essas minhas impressões de criança sobre um período tão sombrio da história brasileira. Adequei o texto para explicar melhor aquilo que naquela época eu ainda não sabia. Acho que as pessoas tinham naquela época uma preocupação de não me assustar, eu era muito novinho, acho que era proteção.

FIM

VIRGÍNIA

A UNIDADE DE ALIMENTAÇÃO DE SÍMIOS (UAS) - 30/11

Hoje, na sala de café do meu trabalho, um colega comentou sobre a invasão de macacos no distrito de Lopburi, na Tailândia, que ocorreu por conta da pandemia. O isolamento retirou os turistas que alimentavam os macacos. Por conta disso, o tumulto se criou com os símeos.

Me interessei por esse assunto. No final da tarde, já com meu serviço em dia, resolvi pesquisar na internet. Fui para casa pensando nesse conflito com um ser tão próximo de nós.

Quando minha colega chegou em casa, puxei o assunto enquanto ela preparava o lanche para nós.

— Você soube dos macacos que invadiram uma cidade da Tailândia?

— Não vi nada.

— Então! Um colega no serviço comentou comigo, e eu agora no fim da tarde dei uma pesquisada. A história é bem interessante. Por conta da pandemia, os turistas pararam de visitar a cidade. Eles davam comida para os bichinhos. Quando isso foi interrompido pela crise sanitária, os animais começaram a se concentrar e bagunçaram o pedaço.

— Mas por que tem tanto macaco nesse lugar?

— Pelo que li, no distrito de Lopburi, centenas de macacos invadiram as ruas da cidade em busca de alimentos, onde os turistas davam aos animais. Com a queda de turistas na pandemia, os animais se concentraram nos locais onde recebiam alimentos.

— Mas esses alimentos não são saudáveis, é só besteirada, larica. Eles chamam de *junk food*.

— Sim, os bichinhos ficam viciados em refrigerantes, salgadinhos e outras besteiras. Pelo que eu li na internet, existe neste distrito um complexo religioso... espera um pouquinho, deixa eu pegar aqui no celular... É o templo de Prang Sam Yod que foi construído no século XIII para louvar Haruman, o deus macaco do hinduísmo. O templo celebra, no mês de novembro, o Festival dos Macacos, onde é servido aos animais um banquete de frutas variadas. Os turistas participam desta celebração, dando também alimento aos macacos.

— *Junk food*.

— Certamente. Com a ausência dos turistas, os alimentos ficaram escassos, ocorrendo brigas entre os primatas.

— Que loucura, devem ser muitos macacos.

— No templo de Prang Sam Yod, vão perto de seis mil macacos em busca de comida. Além destes macacos que estão soltos, tem os que são adestrados para fazer truques nos sinais de trânsito, para turistas nos restaurantes e bares, isso em toda a Indonésia. Vivem como prisioneiros. Em Jacarta tem um bairro onde moram estes adestradores e seus macacos, a Vila dos Macacos. Os macaquinhos dormem em gaiolas, uma do lado da outra. Centenas de gaiolas.

— São tratados como escravos, né?

— Verdade. Uma situação complicada. Provavelmente os governos não têm interesse em resolver o problema, porque os macacos não votam.

— Bem isso!

Terminamos o lanche, e eu fui para o meu quarto pensando na relação entre macacos e homens. Dei mais uma lida sobre os símios na Indonésia, até que o sono veio.

No meio da noite, acordei e me sentei na cama. Olhei para minha mesa, então vi, sentado na ponta da mesa, um pequeno ser. Corpo de homem, rosto de macaco. Quando ele me viu fitando-o, levantou e foi crescendo. Num dado momento, voou em minha direção e, com uma feição terna, seguida de um arreganhar da boca para mostrar os dentes, encampou todo o ambiente e sumiu aos poucos, como que se desintegrando. Neste momento acordei, deitada, meio descoberta, mas logo voltei a dormir. De manhã lembrei-me do sonho.

Fui para o serviço pensando no sentido daquela aparição em meu sonho. Deveria eu fazer algo para buscar uma resposta para este problema com os macacos urbanos? Era o deus Haruman que havia aparecido para mim?

No trabalho, depois de terminar uma tarefa, pensei no deus hindu e na questão dos macacos. Como eu daria sentido para aquela demanda?

Vou escrever um capítulo para a novela! Logo me veio uma ficção científica, uma boa resposta para o problema em um futuro distante. Fiquei excitada com a decisão. Fui pensando um roteiro e, quando cheguei em casa, mal tomei um café e já fui escrever o capítulo. Foram seis noites de trabalho intensivo depois do serviço. Então concluí o capítulo.

Estamos contando uma história de 59 anos, que vai de 2085 a 2144. É a história da Unidade de Alimentação de Símios (UAS). Ela foi construída na cidade de Jacarta em 23 de março de 2085. O projeto original foi produzido pelo geógrafo Prof. Dr. Abdullah Nigsih.

O comportamento dos símios urbanos na cidade de Jacarta desde a década de 1990 do século XXI estava se tornando insuportável para a população. Havia violência contra os humanos, constantes saques nas casas, vandalismo, problema com a higiene da cidade etc. Esta situação perpetuou até 2085.

O professor Abdullah participava de um grupo multidisciplinar de pesquisa, então resolveu montar um projeto pensando no sério problema social que estava ocorrendo por conta dos símios urbanos, o projeto da UAS. Ele contou com a participação de pesquisadores de várias áreas científicas. Semióticos, biólogos, engenheiros, programadores, geógrafos, ecólogos, químicos e médicos veterinários, principalmente.

Cada um dos pesquisadores montou um projeto complementar à ideia-chave apresentada pelo Dr. Abdullah. Ao final ele aglutinou todos os projetos, dando coesão e coerência ao projeto maior, a UAS.

Depois de revisado por todos os pesquisadores, o professor submeteu o projeto a um edital, para a confederação das nações, mais especificamente, ao ministério das ciências. O projeto pressupunha uma contrapartida da província de Jacarta, que demorou quinze dias para dar a resposta positiva. Em janeiro de 2084, a proposta foi aprovada pelas partes. Certamente, o projeto foi selecionado por conta da crise urbana com os símios de Jacarta.

Na Vila dos Macacos, em Jacarta, foi instalada em 2085 a UAS. A construção demorou um ano e meio para ser concluída. Depois de 54 anos de atuação, o professor Dr. Abdullah se tornou um pesquisador de renome, principalmente por conta do projeto da UAS. Ele foi convidado pelo Ministério das Ciências da Confederação dos Estados do planeta Terra para proferir uma conferência sobre a história da UAS.

O professor, com seus 88 anos, aceitou o convite e começou a preparar sua fala. Teria uma semana e meia para construí-la. Organizou sua mesa onde trabalhava no estúdio em casa e iniciou a preparação.

Sua casa tinha uma ampla área externa, toda arborizada, com árvores que, quando frutificavam, atraíam alguns macacos à propriedade. Toda vez que eles apareciam, eram monitorados automaticamente por um sistema especial de câmeras, inclusive com dois drones que detectavam a presença dos símios pelo sistema, decolavam e iniciavam a filmagem à distância. Os drones eram equipados com filmadoras de alta resolução e com potentes lentes de aproximação, além de um microfone direcional. O Dr. Abdullah tinha acesso direto online às filmagens e também ao cadastro dos animais. Por um sistema de identificação visual, mais de 95% dos macacos estavam cadastrados na UAS. Dr. Abdullah, a partir do rastreamento, chamava os primatas pelo nome do cadastro. Desde o momento do cadastro inicial, as equipes da UAS dialogavam com os macacos, chamando-os pelo nome. Com o tempo, os macacos começaram a atender pelo nome, o que facilitou o processo de aprendizagem das instruções dadas pela unidade.

No dia de sua conferência, no período da manhã, Dr. Abdullah estava sentado em seu alpendre, numa confortável cadeira suspensa feita de vime tomando uma infusão de ervas, quando ouve um barulho nas árvores mais próximas. Eram quatro macacos jovens, uma fêmea e três machos. Rapidamente ele acessou o programa de mapeamento e localizou os quatro indivíduos em sua propriedade, seus dados cadastrais e constatou que a jovem fêmea estava grávida de um mês. Iniciou então um diálogo chamando todos pelos nomes, o que fez os jovens macacos se aproximarem.

Eles se identificavam bem pelos nomes. O Dr. Abdullah foi buscar em sua despensa um presente para os visitantes. Ele tinha um estoque de rações para macacos produzidas pela UAS. Pegou uma barra especial para a jovem grávida, e para os outros uma barra de proteína padrão.

Eles aceitam o presente e se aproximam ainda mais do pesquisador. Pegam o alimento e depois batem na perna dele como forma de agradecimento. Ele dispõe sua mão para fazer contato com os primatas. Somente a jovem fêmea dá a mão para o Dr. Abdullah, que a afaga carinhosamente por alguns segundos, até ela sair rapidamente em direção às árvores.

Depois que os macacos saíram, Dr. Abdullah se sentiu revitalizado. Pareceu-lhe que os símios foram a sua residência lhe desejar boa sorte na conferência. Com este otimismo no corpo, levantou-se, deixou a xícara na cozinha, passou em seu estúdio, pegou um livro e foi em direção ao quarto. Com cinco minutos de leitura, os olhos pesaram e o sono veio. Dormiu duas horas. Acordou com fome. Enquanto comia uma maçã, folheava suas anotações para a conferência.

Lembrou-se de apresentar o projeto arquitetônico do edifício original da UAS e dos anexos que vieram depois. Procurou em seus arquivos e encontrou. Queria levar a folha impressa e abri-la para que as pessoas vissem.

Às 18h chegou sua assistente para acompanhá-lo na conferência. Comentou com ela que esta poderia ser sua última conferência. Mesmo com a menina se contrapondo à ideia, dizendo que ele estava muito bem e que muitas outras certamente viriam. Houve um silêncio melancólico.

Perto do horário de sair, Dr. Abdullah sinalizou para sua assistente que queria ir de drone, pois tinha trânsito naquele horário e ele não queria nenhum estresse naquele momento. Ela ligou para o drone-táxi e marcou o horário para buscá-los. A noite em Jacarta apresentava nuvens baixas e uma certa cerração. Dr. Abdullah pegou uma blusa impermeável como precaução, por cima do terno, pois teria que descer do drone e se deslocar em direção à porta de saída do heliporto, para o prédio. Este não era o prédio do anfiteatro, era o heliporto mais próximo do local do evento. A precaução se mostrou acertada. Quando desceu do drone, uma rajada forte de vento frio o pegou, que fez com que ele e sua assistente andassem ligeiramente para a entrada do prédio.

Ele chegou vinte minutos antes do horário marcado. Foi levado ao camarim. Lá chegando, tirou a blusa impermeável e ajeitou seu terno, em seguida abriu a porta do camarim e saiu em direção ao palco. Parou atrás da cortina e sutilmente observou a plateia. Mais da metade dos lugares já estavam ocupados, o que alegrou o conferencista. Ainda faltavam 15 minutos, provavelmente chegariam mais pessoas, foi o que disse para a sua assistente.

Chegada a hora de sua entrada, a assistente pega sua mão e dá um beijo, depois avança para um rápido beijo na bochecha, dizendo:

– Conte a linda história da unidade. As pessoas merecem conhecer, estarei aqui a seu lado assistindo de camarote à sua apresentação. Boa sorte.

Dr. Abdullah esboça um sorriso e entra no palco, onde é recebido com uma grande salva de palmas. Com calma se ajeita na cadeira, dispõe suas anotações e alguns livros para citações. Abre a garrafa de água com gás, sua preferência. Dá um bom gole e inicia a fala.

– Boa noite. Gostaria de agradecer por esta homenagem a todos que se empenharam para que este evento acontecesse e, é claro, a todos vocês que se dispuseram a ouvir esta história. Agradeço também a todos os trabalhadores que passaram pela UAS, e os que hoje "tocam o navio". É a oportunidade de contar uma história que marcou nossa comunidade em Jacarta e influenciou outras ações pelo mundo.

"A Unidade de Alimentação de Símios foi e está sendo um projeto exitoso para o estabelecimento de uma relação evoluída com os macacos. Em nossa história passamos por um ataque político e econômico, que levou ao fechamento da unidade. Mas a realidade falou mais alto. Por falta de alimento, os macacos voltaram a invadir as casas em busca de comida. Era a volta daquele conflito que tinha sido resolvido há cinquenta anos graças à habilidade política de nosso gerente financeiro, que também é um pesquisador na área de economia e administração, o Dr. Yshimoro Takeu.

"Então, conseguimos negociar com a Confederação de Estados do Planeta Terra o retorno de nossas atividades, em termos muito melhores do que antes. Superamos as dificuldades, com o apoio pleno da sociedade. Neste nosso segundo momento, demos um grande salto de qualidade. Em dois anos retornamos com os programas existentes e implementamos uns tantos outros."

Dr. Abdullah enumera os projetos, faz breves comentários e então começa do início:

— Bom! Vamos à história. A Unidade de Alimentação de Símios distribuía ração para os símios urbanos de Jacarta de forma ordenada. Montamos um grande viveiro para os macacos cativos, que depois de adestrados andavam pelos corredores da unidade. Depois de seis anos, os macacos cativos estavam aptos a ensinar os selvagens.

"A partir de uma avaliação da capacidade cognitiva e da apropriação de técnicas em macacos fortes e inteligentes monitorados pelo sistema da unidade, capturamos filhotes para viverem no cativeiro da UAS. Hoje temos 90 macacos cativos, sendo 43 nascidos no cativeiro e 47 filhotes selecionados por suas qualidades físicas e de inteligência (capacidade cognitiva, criatividade etc.).

"Quando os filhotes cativos chegaram, há cinco anos, já estavam em condições de receber ensinamentos mais sofisticados. Começamos a desenvolver um projeto de clonagem dos mais aptos do grupo de macacos cativos. Elencamos algumas 'macacas de aluguel' que recebiam os clones para gerarem.

"O bando de cativos da UAS foi se tornando cada vez mais 'inteligente' e, em consequência, mais desenvolto nas tarefas, tanto na aprendizagem como no ensino dos macacos urbanos e selvagens. A partir da linguagem de sinais, adequada para a comunicação com os símios, a transmissão de conhecimento dos humanos para os nossos macacos cativos se tornou muito eficiente. O interesse em aprender a linguagem de sinais foi exponencial. Isso otimizou o trabalho dos macacos cativos, que ensinavam noções de higiene, formas de alimentação, relacionamento com os humanos na cidade, a importância dos medicamentos para a saúde, do indivíduo e da comunidade. Depois de quinze anos de trabalho na UAS, os macacos urbanos se dispunham a aprender a linguagem de sinais mediante uma bonificação alimentar (guloseima).

"Iniciamos a preparação de nossa equipe de macacos para ensinar os macacos selvagens e os escravizados, os macacos urbanos. Criamos fichas a serem entregues aos animais para que eles utilizassem para a alimentação e saúde. Foi desenvolvido um trabalho com os símios para eles perceberem as fichas como *equivalente geral*, que materializava o valor de seu trabalho. Eles ganhavam uma ficha diferenciada da ficha-padrão, entregue na entrada da UAS, para que os macacos pegassem o seu prêmio. Inicialmente, esta bonificação era dada nos programas Cidade Limpa e Termas Símias, respectivamente. Ganhavam uma barra de alimento com frutas desidratadas, chocolate e cereais. Com o tempo, todo o trabalho desenvolvido pelos macacos era 'remunerado' com as fichas.

"O primeiro módulo foi ensinar os macacos urbanos a entrar de forma organizada e ordenada para colocar uma ficha em um receptor, e assim receber automaticamente o pacote de ração. Mostramos para os cativos como pegar a ração e como orientar um outro a pegar. Na entrada do prédio, um cativo orientava os macacos urbanos a pegar a ficha. Próximo à unidade automática de distribuição, ficava um segundo cativo para indicar como colocar a ficha e retirar a ração. Foram três anos de adestramento para que os macacos entrassem voluntariamente na fila para a entrega de ração. Pegavam a ração e saíam da unidade de forma ordenada e tranquila.

"Cada indivíduo ia sendo cadastrado. No corredor onde tinha que passar para pegar a ração, era coletada amostra de sangue e feito o escaneamento completo do animal, com forma, peso e volume, além de vários mapeamentos internos. Na primeira vez que o animal passava, era introduzido um chip em seu dorso com acesso à corrente sanguínea, medindo em tempo real o composto sanguíneo. Centenas de variáveis eram medidas e salvas em nuvem, o que propiciou inúmeros estudos científicos. Num dado momento, com os bancos de dados mais completos, a unidade teve condições de definir as fêmeas mães e os parceiros, possíveis pais. Com esses dados em mãos, começou a ser entregue para as mães uma ração especial para os filhotes que seria dada pelas mães. Para que isso ocorresse, os macacos cativos treinados ensinavam as mães a abrir e entregar a ração aos bebês.

"Com seis anos de funcionamento da unidade, em 2088, a população de macacos urbanos que passavam pela UAS marcava 14%, apresentando uma taxa de crescimento importante. No entanto, a cidade estava apinhada de macacos. Eu pensei que alimentar e tratar não era suficiente para resolver o problema. Embora ele houvesse diminuído, ainda ocorriam saques, e os animais continuavam sujando e quebrando a cidade. Entendi que, se mantivéssemos bosques na cidade, os macacos migrariam para lá, podendo se autossustentar em uma área mínima de bosques. Então apresentei para o governo, em todas as instâncias, uma proposta de área, localização e tamanho mínimo para os cinco bosques. Fiz a solicitação no plano municipal e para a província de Jacarta. Depois de algumas negociações, conseguimos os bosques.

"Em quinze anos de atividade, a UAS estabeleceu uma relação positiva com os símios, tendo a população urbana de macacos controlada, com diminuição de saques nas casas e os animais com melhor qualidade de vida, sendo tratados.

"Podendo a população de símios circular na urbes e também nos bosques, iniciou-se o processo de retorno dos símios para a natureza, uma segunda natureza, mas melhor do que nada. Os bosques eram interligados entre si a partir de grandes pontes estreitas, para ampliar o espaço dos animais, podendo transitar pelos cinco bosques. Não só os macacos usufruíam deste deslocamento, outros animais utilizavam o corredor de ligação. Os bípedes e quadrúpedes que se deslocassem pelas árvores poderiam subir nas pontes, pelos acessos estruturados em suas bases. Era possível chegar do solo para a ponte por uma escada no corredor de ligação.

"Os bosques foram cercados, e um sistema de visitação foi montado. Era cobrada uma taxa de entrada. Esta verba complementava o pagamento dos funcionários e estagiários para fazerem a manutenção e controle, além de desenvolverem pesquisas no bosque. Uma porcentagem dos recursos captados ia para a UAS, para sustentar a equipe de trabalho.

"Vários programas de adestramento foram implantados. Primeiro, o programa Cidade Limpa, que ensinava os macacos urbanos a catarem o lixo das ruas de Jacarta tendo como recompensa fichas para aquisição de ração especial (barras de proteínas com cereais, castanhas e frutas desidratadas). Posteriormente, as fichas foram utilizadas para o uso da piscina aquecida. Uma piscina fechada que era disponibilizada para os macacos, construída no meio do bosque I. O uso se dava mediante a entrega de ficha de trabalho.

"O programa Filhotes Felizes, que demorou três anos para ser implantado, tinha como objetivo aproximar os filhotes humanos dos filhotes macacos, dentro do bosque, sob a supervisão de uma equipe da UAS. Casais humanos foram convidados para o experimento, que era monitorado por pesquisadores, estagiários e macacos cativos. Depois de ser comprovada a relação amistosa entre filhotes humanos e filhotes macacos, a experiência se tornou um projeto do bosque, aberta aos pais humanos, que podiam levar seus filhos para brincarem com os macaquinhos bebês.

"Das experiências exitosas com o uso das fichas, enfatizo o projeto Termas Símias de disponibilização de uma piscina fechada, aquecida, muito utilizada pelos macacos urbanos no inverno. Os macacos só entravam com a utilização das fichas de trabalho, que eles conseguiam catando o lixo da cidade pelo programa Cidade Limpa.

"Para evitar a ingestão de alimentos impróprios para os macacos, dados pelos turistas que usufruíam dos bosques, foi implantado o programa Bom Alimento. A unidade negocia com o Ministério do Turismo e da Produção de Alimentos a disponibilização de ração para os turistas alimentarem os macacos. A UAS produzia a ração subsidiada pela confederação, tendo o direito de comercialização. Os recursos seriam totalmente alocados na UAS.

"Outro projeto importante que desenvolvemos nestes anos de trabalho foi o programa Comunidade Símia, que consistia no mapeamento e rastreamento da população urbana de macacos. O sistema detectava quando havia movimento de macacos pela cidade e nos bosques. A partir de um sistema de geolocalização, podíamos encontrar os bandos. Quando havia aglomeração, automaticamente eram enviados para a área drones para documentar o comportamento dos primatas. Em meados de 2093, mais de 80% dos macacos filmados pelos drones eram identificados pela imagem a partir de seu cadastro. Isso ampliou significativamente o banco de dados da comunidade urbana de símios de Jacarta. Este novo momento propiciou muitos estudos sobre o comportamento com todas as raças de símios urbanos que viviam em Jacarta.

"O conflito com os macacos urbanos deu um grande salto para a sua resolução. Mas tínhamos ainda o problema com os macacos escravizados. Animais domesticados e encarcerados que faziam peripécias e malabarismos que seus donos humanos exploravam, ganhando dinheiro às custas dos símios. O problema dos macacos escravizados foi resolvido em 2101 a partir da lei que regulamentou a profissão de adestrador de animais. Foram estabelecidas normativas, visando à saúde e bem-estar dos bichinhos. Adestradores que não respeitassem seriam impedidos de utilizar seus macacos para ganhar dinheiro. Os animais seriam confiscados e enviados para a UAS, que tinha um programa especial para estes animais. À medida que os macacos escravizados foram se integrando com os macacos urbanos que viviam soltos, alguns conflitos começaram a ocorrer. O sistema de monitoramento da UAS localizava os indivíduos em conflito, capturava-os e iniciava um processo de apaziguamento entre os símios. Este programa era seguido pelos pesquisadores, estagiários e os Macacos Cativos da Unidade (MCU).

"Em 2114, a província de Jacarta começou a ser governada por um governo transliberal, de inspiração nazista, que cortou as verbas da UAS, o que impossibilitou a continuidade dos trabalhos. No curso de quatro anos, em 2118, os símios, já não assistidos pela UAS, voltam a saquear as casas, sujar o espaço urbano e se tornam agressivos com os humanos, numa proporção muito maior do que antes. A população de símios havia aumentado consideravelmente.

"Num dado momento, o governo retira a verba que sustentava a unidade. Isso levou ao retorno da crise com os símios, nos moldes de cinquenta anos atras. Com a crise aumentando, o governo é obrigado a retomar negociação com a UAS, que era a organização que tinha efetivamente resolvido o problema. A pressão da população de Jacarta aparece e clama pelo retorno da UAS. As novas gerações da população de Jacarta, que tiveram contato com os filhotes de macacos em sua infância, se mostraram defensoras do meio ambiente e dos macacos urbanos de Jacarta, especificamente. Estes cidadãos foram fundamentais para a aprovação do retorno das atividades da UAS.

"Fui convidado para uma reunião em que o Estado sinalizou a possibilidade de retorno das atividades da unidade. Ouvi os argumentos apresentados e fiz algumas anotações. Quando abriram para que eu falasse, disse que levaria a proposta para os trabalhadores da unidade discutirem.

"No outro dia marquei uma reunião geral com pesquisadores, técnicos e estagiários. Nesta reunião, o professor Takeu insistiu na tese de que aquela era a grande oportunidade de não só retornar às atividades, mas ampliar a UAS. Ao término de três rodadas de negociação, a proposta final apresentada pela unidade era: a construção de mais dois anexos, uma dotação orçamentária com a criação de uma rubrica própria para a manutenção da UAS, uma cota de trinta bolsas de um ano para estagiários, a efetivação de toda a equipe de pesquisadores e técnicos, um plano de expansão para a contratação de pessoal para os novos anexos. A interferência da confederação a favor da proposta fez com que os governos da província e do município acatassem sua contrapartida no projeto de reconstrução."

Quando comentava sobre os pontos da proposta e sobre os anexos, o Dr. Abdullah saiu da mesa, foi para a frente do palco e abriu a planta impressa. Colocou-a num tripé, de forma que o público pudesse ver. Comentou e indicou na planta, com uma caneta laser, os novos locais de atividade, suas funções e localização. O público gostou desta forma particular de apresentar. Poderia mostrar o documento digitalizado, mas não quis. O professor continuou:

— Com o retorno das atividades dos projetos que foram interrompidos, demoramos sete meses para ver os primeiros resultados da volta dos macacos para a unidade em busca de ração a partir do sistema trabalho/recompensa, com o uso das fichas. Aos poucos fomos introduzindo novos projetos, principalmente depois que os dois anexos ficaram prontos, e conseguimos as contratações para tocar as novas unidades. Hoje somos referência mundial para o estudo dos macacos. Neste dia importante em minha carreira, posso dizer, em minha vida, trago para vocês em primeira mão o novo projeto da UAS, os "Macacos Astronautas".

Houve um certo murmúrio na plateia, uma curiosidade geral se instalou no anfiteatro.

– Pois sim! É isso mesmo. No curso de três anos e meio, pretendemos preparar macacos cativos para conviverem no espaço. Vão se adaptar à gravidade zero, aprendendo a ir para o espaço. A hipótese principal do projeto é de que os símios astronautas poderão efetuar reparos nas estações orbitais e em telescópios com um custo mais baixo do que um humano e provavelmente mais rápido.

"A agência espacial da confederação financiou o projeto. Receberemos, no mês que vem, dois astronautas para conhecerem os macacos e estudarem a linguagem de sinais HSH (Homem/Símio/Homem). Farão um estágio de um ano. Os macacos selecionados para o treinamento poderão utilizar as unidades de gravidade artificial, da agência espacial, buscando se habilitar para tarefas no espaço.

"Os astronautas poderão se comunicar com os macacos astronautas fora da estação orbital por áudio ou pela linguagem de sinais. Com o aumento de experiência da equipe de símios astronautas, poderão ocorrer missões de manutenção apenas com os macacos, supervisionada e orientada por um astronauta dentro da estação ou mesmo da Terra."

– Macaquinhos com roupa espacial? Que legal!

Gritou um jovem, o que suscitou muitas risadas do público e do Dr. Abdullah também.

– O treinamento certamente será longo para que os macacos cativos se sintam à vontade naquela roupa toda fechada, mas é possível, sim.

A conferência já durava 2h30 quando Dr. Abdullah repassou seus escritos, verificou os pontos que ainda não havia falado, concluiu sua fala e rumou em direção à conclusão. Ao término de sua fala, quando ele estabeleceu o ponto final da conferência e agradeceu ao público, houve uma chuva de aplausos, sendo ao final ovacionado por jovens pesquisadores que estavam no fundo do anfiteatro. Ele se levantou, fez três reverências e lentamente foi em direção à escada do palco. Sua assistente se apressou para se aproximar e enlaçou seu braço. Quando chegou à escada, informou para ela que queria descer só. De uma forma ágil desceu os quatro degraus, o que levou algumas pessoas a baterem palma por sua agilidade, pois já contava com 88 anos.

Fez questão de descer na plateia e subir o corredor até a saída, sempre cumprimentando as pessoas. Pouco antes de começar a subir o corredor, um jovem jornalista lhe perguntou:

— O senhor pretende se aposentar logo? Se sim, quem vai substituí-lo?

— Enquanto sentir que posso continuar, vou tocando. Quanto à minha substituição da coordenação da unidade, já deixei claro para a equipe que teremos eleição direta proporcional entre pesquisadores, técnicos e estagiários. Os macaquinhos ainda não votam, mas, no futuro, quem sabe.

Dr. Abdullah sorriu com bom humor para o rapaz, que retribuiu o sorriso. Sua auxiliar enlaçou novamente seu braço e com orgulho subiu o corredor em direção à saída.

NOTA: no quinto ano do projeto, em 2149, os Macacos Astronautas já formavam uma equipe de símios astronautas. Eram cinco experientes macacos astronautas. Uma segunda equipe já estava sendo selecionada pela UAS. O relacionamento dos símios nas estações orbitais era muito amigável com os astronautas. Os vídeos postados nas redes sociais tinham uma enorme aceitação, e os primeiros consertos no espaço feitos por macacos aconteceram.

FIM

BRUNO

A COLCHA DE RETALHOS - 08/12

Hoje uma frente fria solitária chegou na cidade. Peguei um pedaço de queijo na geladeira, cortei em cubinhos, joguei um pouco de sal, azeite de oliva e shoyu. Peguei um vinho já aberto e me servi. Fui para o quarto de bandeja em punho e resolvi conversar com Virgínia.

— Boa noite, Virgínia. Eu verifiquei nos documentos que me enviaram e não diz nada sobre proibição de nosso encontro. Podemos nos encontrar, se for o caso. Mas também podemos perguntar para o editor.

— Boa noite, Bruno. Que bom que você entrou em contato. Não tiro isso da cabeça. Acho entranho não nos conhecermos, sei lá!

— Difícil de saber, né?

— Se nós nos encontrarmos, não faremos nada errado. A única questão é chatear o editor. Pensa comigo! Se fosse tranquilo nos encontrarmos, ele já teria falado no primeiro dia. Mas, ao mesmo tempo, nos encontrarmos seria importante para a concisão do trabalho.

— Acho que podemos nos encontrar, sim. Trocar nossas experiências e pensar o trabalho no seu conjunto.

— Então, tá! Eu entro em férias daqui a dez dias e marcamos, pode ser?

— Fica assim. Aguardo você me retornar.

Saí do WhatsApp. Olhei para a mesa com as folhas do manuscrito meio desordenadas, organizei e comecei a digitar o capítulo 25.

Acordo com uma buzina e sento na cama um pouco tenso, assustado com o que pode acontecer amanhã. Começo a trabalhar como operário de uma pequena montadora de veículos. Falei comigo *Operário aprendiz Pérsio Santos!* e então esbocei um sorriso animado, indo em direção ao banheiro.

    Minha irmã, a Clotilde, que estava sempre me incentivando, ficou muito feliz com meu novo emprego, mais feliz do que eu. Ela cuidou de mim desde meus três anos. Minha mãe faleceu e ela, com doze anos, teve que cuidar de mim. Meu pai ajudava no que podia. Trabalhava o dia inteiro. O único momento de conversa que eu tinha com eles era depois que chegava e tomava banho, até a hora em que ele ia dormir. Dormia cedo. Minha irmã conversava menos ainda com ele. Ficava às voltas com o jantar para servir e depois lavava as louças, quase não conversava. Lembrei dela neste momento. Sua felicidade deixou em mim um sentimento bom de aconchego. Ela é mais do que uma irmã para mim.

    — Pega uma taça e o vinho, senta aqui!

    O Sr. Dagoberto, meu pai, aponta o garrafão de vinho ao lado do fogão. Enchi uma taça e comemorei com ele este novo momento de minha vida, minha irmã não quis beber, mas escutava atenta nossa conversa e, de vez em quando, fazia um comentário. Lembro o que o meu pai disse:

    — Não vai ser fácil, mas pelo menos agora você está pondo pé na vida, vai sentir o sabor agridoce do dia a dia na fábrica. Quando você tiver revoltado, porque certamente uma hora vai ficar, pensa que tem um monte de gente esperando você desistir para pegar seu lugar.

    Achei aquilo estranho, me marcou, ficou na lembrança.

    Coloquei o despertador para as 5h30, mas às 5h eu já estava acordado, e logo me levantei.

    Cheguei, mostrei minha identificação, falei na portaria que era novo. O porteiro me indicou a entrada, apontando e informando que teria alguém me esperando ao fundo, no galpão à direita. Entrei e logo senti a energia que pulsava naquele ambiente. Um barulho intenso em algumas máquinas, os operários que trabalhavam nela eram obrigados a usar tampão no ouvido. Virei à direita e encontrei três esteiras dispostas de forma aleatória, mas respeitando alguma funcionalidade. Percebi depois que a distribuição de material para a montagem das peças saía de um mesmo lugar para as três esteiras. Me aproximei e fiquei aguardando. Não sabia ao certo qual seria minha função. Logo chegou um homem, o Jofre, que estava na linha de montagem. Quando ele me viu, parou e olhou bem para mim, perguntando:

— Você é o funcionário novo?

— Sou.

— Não está fazendo nada?

Respondi que não, então logo ele falou:

— Venha comigo, que trabalho não falta.

E deu uma risada larga.

Aquele operário grande e forte, de voz alta, me colocou para parafusar três parafusos com porca e contraporca em uma peça de fixação do motor. Ele me ensinou a fazer na bancada, depois já me levou para uma esteira, junto com mais um operário. Mandou que eu esperasse e foi falar com Getúlio, o operário que ficava atrás de mim na esteira. Depois de algum tempo, ele olhou para mim, mas continuou conversando com Jofre e acenando positivamente. Jofre retornou e falou para eu pegar as peças na esteira deixadas por Getúlio, estava dividindo a tarefa com ele. No começo ele liberou as peças bem devagar. Conforme eu ia pegando o jeito, começou a entregar as peças mais rápido. Num dado momento, minha mão começou a doer, apareceu uma câimbra no meu dedo, por conta de virar a chave de boca, então eu gritei para o parceiro.

— Acho que estou tendo uma câimbra!

— Isso é normal, é seu primeiro dia, com o tempo você se acostuma. Faça as que estão indo agora e descansa um pouco. Massageie bem o dedo assim.

Mostrou, pegando com a mão o dedão e fazendo movimentos circulares e alongamentos para todos os lados, bem devagar.

— Eu seguro seu trabalho aqui.

Sinalizei que sim com a cabeça. Terminei as peças que chegaram e tive um descanso. Massageei o dedo da mão direita, aguardei um pouco e retornei para a esteira, aí gritei:

— Como é o seu nome?

— Angel.

Informei ao colega meu retorno, e ele disse:

— Se você tiver de novo, pode me avisar. É comum isso. Eu mesmo, quando comecei, sempre tinha câimbras.

— Alguém te ensinou estes exercícios?

Gritei.

— O Jofre, o mesmo que te trouxe aqui.

— Você começou sozinho?

— Não, tinha o Luiz, que era mais experiente. Comecei com ele, do mesmo jeito que você está começando comigo.

— E o que aconteceu com este Luiz?

— Ele foi afastado por motivo de doença. Teve uma tal de tendinite crônica. Teve que parar, mas recebeu uma boa indenização, fez tudo pelo sindicato. Reivindicou seus direitos e ganhou a causa. Você acha que ele fez errado?

— Não, acho certo, sim.

— Você já passou no sindicato?

— Marquei um atendimento depois de amanhã. Mas me diz, então é perigoso este trabalho, digo, perigoso à saúde, entende?

— É, sim, mas tem como você trabalhar sem se machucar.

Continuei apertando aqueles parafusos, buscando formas menos nocivas para a mão e os dedos.

Fui pegando o jeito, conseguia acompanhar a produtividade da empresa, sem me arrebatar, mas tinha que ralar. Depois de quatro meses que eu estava trabalhando, instalaram na bancada do nosso setor uma terrina que ficava aquecida com cera líquida. Quando começava a dar câimbra, colocávamos a mão naquela cera. Quando começava a queimar, tirávamos a mão, esperávamos um pouco e colocávamos de novo. O tratamento aliviava bem, dava para voltar ao trabalho em dez minutos. Mas mesmo assim, com o passar do tempo, começou a aparecer uma dor crônica que aos poucos foi aumentando.

Comecei a visitar o sindicato e lá encontrei uma pessoal legal, com uma conversa lúcida, crítica, trocava-se muitas ideias. Eles sempre faziam churrasco para os associados. A gente pagava a bebida; e o sindicato, a carne. O pessoal da diretoria gerenciava tudo. No começo eu ficava isolado, mas com o tempo fui me enturmando. Tinha colegas que eram militantes de partido, o Aloísio era um deles e trabalhava na mesma fábrica que eu. Ele me disse que tinha vários trabalhadores lá da fábrica que eram sindicalizados. Um dia, Aloísio me convidou para participar de uma reunião do diretório do seu partido. Lá conheci algumas pessoas e comecei a me interessar em discutir questões políticas dos trabalhadores, participei de algumas reuniões. Então tivemos uma assembleia com os trabalhadores da empresa. No final, tivemos duas propostas de encaminhamento a serem votadas. A primeira era a manutenção da data-base para os reajustes salariais, a segunda era pela retirada da data-base, nesta proposta. Os reajustes seriam conforme a necessidade. Para mim, ficou a questão: necessidade de quem? Dos trabalhadores ou do patrão? Houve algumas falas que denunciaram o caráter patronal da segunda proposta. Questionei Aloísio, que fechava com a segunda proposta, e ele me respondeu que tinha que defender a proposta do partido. Questionei, e ele não tinha justificativas, não apresentava argumentos, parecia um "pau mandado". Eu votei na primeira proposta, para o desagrado de Aloísio. Daí para frente, nunca mais participei daquelas reuniões do diretório do partido dele. É certo que neste período adquiri uma consciência política, uma visão mais crítica do mundo. Não parei de participar das reuniões classistas, tomar conhecimento dos problemas, mas de forma independente. Nas assembleias eu votava na proposta que eu entendia que era a melhor.

Ia levando a vida quando, um dia, chego do trabalho e encontro meu pai sentado na cozinha, com um copo de vinho cheio e o garrafão a seu lado. Achei estranho, ele não tinha esse costume. Procurei com as vistas minha irmã e não a encontrei.

— Boa noite, pai, benção. Aconteceu alguma coisa?

Minha pergunta já vinha carregada de angústia e inquietação.

Ele olhou para mim e disse:

— Sua irmã foi atropelada e morreu no hospital.

Eu vi em seu semblante a dor da morte de minha querida irmã e o efeito do álcool que ingeriu. Seus olhos estavam vermelhos e carregados de tristeza.

Então veio o choque. Me tomou uma racionalidade radical. Comecei a perguntar detalhes para meu pai, pensando como e onde seria o enterro. Meu pai olhou seriamente para mim e disse:

— Não precisa se preocupar, já está tudo acertado.

Fui para meu quarto. Quando sentei na cama, uma tristeza começou a me invadir e foi aumentando e desaguando num profundo choro. Então veio o dilúvio, já não me controlava. Chorava copiosamente, quando meu pai entrou no meu quarto e me disse:

— Filho, vamos encarar de frente esta fatalidade. Agora, mais do que nunca, temos que nos unir para enfrentar esta tempestade.

Me abraçou, deu três tapas nas costas e saiu rápido do meu quarto, certamente para sofrer a dor sozinho, não queria chorar na minha frente, eu achei. Então saí para espairecer, tentar dissipar esta dor torturante. Desci as escadas do prédio querendo a porta de saída. Andei sem sentido pelo quarteirão. Na esquina eu já parei no Belisca Aqui. Pedi uma cerveja e uma pinga. Comecei a beber e pensar. Às vezes eu duvidava da morte de minha irmã. Não acreditava, estava sem rumo, até que comecei a relaxar com o álcool. Então veio uma triste consciência dos fatos e suas consequências. Pensei no meu pai com sua solidão senil, nosso cotidiano sem Clotilde. Seu olhar atento em nossas conversas enquanto arrumava a cozinha. De vez em quando, um comentário sempre enriquecedor. Seu rude afeto carregado de amor. Isso desapareceu de nossas vidas!

— Ei, garçom!

O homem ouviu e na sequência já se dirigiu em minha direção. Bem mais velho do que eu, homem forte, mesmo com a idade, mas com um olhar paternal. Já sabia o que pedir, mas hesitei, fiquei olhando para ele sem ação. Ele deve ter visto minha angústia estampada no rosto, então me disse com o olhar:

— Fale tudo que te aflige, eu te ouvirei com atenção e com a maior boa vontade.

Minha carência era tão grande que desabafei a dor da morte de minha irmã com o garçom. Depois que contei, um silêncio se operou. Eu, na expectativa de um comentário, ele com a cabeça baixa refletindo, então olhou para mim e disse:

— Eu sei do que você está falando, perdi um sobrinho assim. Sem ninguém esperar o menino se foi. Foi uma grande tristeza na família, a mãe dele sofreu muito. Quando olhei para o senhor, lembrei-me dela... Para ela eu disse "busque se acostumar, está posto. Seu tempo nesta existência está correndo, desfrute-o da forma mais sublime".

— Isso faz pensar, muito bom!

Fiquei impressionado com a profundidade daquelas palavras. Me impressionou a oratória do garçom. Um texto bem decorado, recitou num tiro rápido. Pensei, deve ter falado isso para muita gente, mas fiquei impressionado, então falei:

— O senhor tem razão, temos que buscar um caminho de crescimento, saber que ela estará feliz quando eu estiver feliz.

— Perfeito! A dor não passa logo, para uns dói mais. Mas temos que colocar a carruagem a caminho, para o futuro. A vida corre num tempo prévio, existe um momento marcado. Então vamos chegar bem ao derradeiro momento dessa existência.

Agradeci as palavras do garçom e falei da importância que tiveram para mim. Levantei e fui para casa dormir o tempo que me restava antes de acordar para o trabalho.

Foram três semanas em que eu e meu pai perdemos a referência. Passei maus bocados com o Sr. Dagoberto. O sofrimento que ele tinha me contagiava, ampliava minha dor. Em uma sexta-feira tive uma noite transfigurada, minha dor não cabia em mim, então saí de casa no meio da madrugada. Desci para a rua, depois de um horrível pesadelo, que foi assim:

Eu estava andando com minha irmã quando ela, na minha frente, avança para atravessar a rua sem ver o carro que vinha rápido. Tento avisá-la, mas minha voz não sai. Então eu grito mais forte e mais forte.

Até que acordo.

Um pesadelo recorrente, desde a morte de minha irmã. Hoje não aguentei, saí para a rua e fui até a praça a duas quadras de casa, sentei no banco e pensei que havia molhado a calça, mas não, era o frio úmido que me enganara. O frio da noite me fez ir esquecendo a dor de não salvá-la. Fui organizando meus pensamentos. O rigor da noite, com o seu silêncio, me fez refletir o que representava esta perda, então pude medir melhor a situação, uma lucidez me veio naquele momento, e logo fui para casa por conta do frio.

Quando retornávamos do trabalho, íamos cada um para seu quarto, só conversávamos no jantar. De manhã saíamos em horários diferentes. Na fábrica, estava perdendo rendimento. Comecei a falhar na linha de montagem, mas meus colegas entendiam o que se passava comigo, segurando as broncas e me protegendo. No conflito, os opostos se configuram. Daquela dor se consolidava um companheirismo que me fortaleceu. Aos poucos fui retornando ao melhor do meu trabalho. Mas tinha a esperança de um dia sair da esteira de montagem. Só que, quando olhava para as possibilidades de trabalho e as constantes altas nas taxas de desemprego, me mantinha no trabalho, como um náufrago segurando numa tábua. Ia tocando a vida solitário. No fundo pensava que um dia poderia conhecer uma mulher que me amasse, poderia ter filhos... Minha irmã sempre me disse que meu filho teria o cabelo encaracolado como o meu, fosse homem ou mulher. Reclamava de ainda não ter um sobrinho. Com o tanto que ganhava não dava para construir um lar decente, e ainda tinha meu pai. Iria morar comigo e minha mulher aceitaria ou deixaria ele sozinho com essa idade? Muitas questões apareciam. Tudo então ficava por fazer e eu não encontrava força para sair desta condição.

    Neste momento de minha vida, eu vivia nas profundezas do gelo da Antártida. Depois de um tempo, a tristeza deu lugar a uma postura mais rígida e pragmática na lida da vida, tentando com isso não pensar na morte de Clotilde. Mas não adiantava, quando chegava do serviço e me sentava na cama, depois do banho, me vinha a dor da perda. Sempre olhava para o porta-retrato que ela me deu. Lembro-me que ela havia estabelecido uma condição: que fosse colocada uma foto dela comigo. Quando me entregou o presente, falou:

    — Isso porque eu quero estar sempre contigo.

    Me abraçou e me deu um longo beijo na testa. Chegou uma noite que olhei a foto e a peguei, então senti uma alegria, uma presença. Beijei o vidro empoeirado do quadrinho e falei comigo que, daquele dia em diante, só ia pensar positivo sempre que ela aparecer nos meus pensamentos. Isso me levou a falar com meu pai. Contei daquele momento que prometi para Clotilde que só teria boas lembranças quando pensasse nela. Meu pai ouviu calado e disse sim. Anuiu com a cabeça, olhando para baixo, e logo saiu, como sempre fazia. Os dias se passavam, sempre na mesma toada, quando uma noite meu pai, o Sr. Dagoberto, veio conversar comigo.

— O que você acha de transformarmos o quarto de Clotilde num escritório e uma sala de TV?

Disse mostrando um croqui que ele tinha desenhado com a disposição dos móveis no novo espaço.

— A ideia é boa, pai.

— A gente vai fazendo aos poucos. As coisas de Clotilde a gente doa, se você quiser pegar alguma coisa, você pega.

— Acho que ela ia querer que a gente doasse.

— Fica assim! Dividimos as despesas e montamos uma sala de TV e um escritório, vai ser bom para nós.

Fiquei feliz com a aproximação. Comecei a conversar mais com o Sr. Dagoberto. Íamos com frequência para o ambiente que ele havia planejado, certamente buscando nossa aproximação.

Na fábrica o trabalho era duro, uma rotina massacrante que só amenizava pela solidariedade e companheirismo dos colegas.

Ruth apareceu em minha vida. Uma jovem trabalhadora, que tinha um filho pequeno. O pai, quando soube da gravidez, mudou-se de cidade. Morava com a mãe, que recebia uma parca aposentadoria. Saímos algumas vezes. Conheci sua mãe, que me adotou, era favorável ao nosso relacionamento, quando tinha uma oportunidade, enaltecia nossa relação. Ruth não queria ter mais filhos, eu não tinha essa certeza.

O trabalho, o afeto, a saudade de minha irmã, os colegas do sindicato e do trabalho, o cuidado com meu pai. Tudo isso criava uma colcha de retalhos que cobria minha existência.

FIM

VIRGÍNIA

A EXECUTIVA PROLETÁRIA - 10/12

Passaram-se os dez dias desde que tinha pedido para Bruno esperar para marcarmos o encontro. Depois do jantar, sentei na sala. Tudo estava quieto, minha amiga havia saído. Não quis ligar a televisão. Aquela quietude serviu para organizar meus pensamentos, medir as tarefas em dias e horas. Depois de um tempo, saí daquele torpor, pegando o celular para enviar uma mensagem para Bruno, propondo local e hora para o encontro. Queria saber mais sobre o projeto, o que ele achava, o que nós tínhamos pela frente. Depois da mensagem, comecei a pensar no capítulo que deveria produzir para a novela. O tempo já estava acabando, provavelmente este seria o último capítulo.

Queria terminar com uma história de amor, mostrar os caminhos misteriosos que ele prepara. Pensei nas mulheres falsificadas, que aparentam, mas não são nada daquilo que mostram. Existe sempre um mistério velado no coração destas mulheres. Conheci muitas assim. Então resolvi falar sobre elas.

> Aquela pequena praça, que tantos significados já havia tido, ainda subsiste por força institucional, amparada por sua história de setenta anos. Eu disputava com as pombas um lugar para sentar. Encontrei um banco com lugar livre, que tinha uma moça sentada. Ela estava com um tailleur preto e branco quadriculado, concentrada na pequena tela de seu smartphone.

Sentei, pedindo licença. Ela correu os olhos em mim, como uma inspetora de controle de qualidade, não perdeu mais de três segundos para me escanear e retornar para sua telinha. Sua frieza irradiava. Não me preocupei com ela. Queria respirar um pouco, mesmo com máscara. Percebi que havia pessoas com máscaras no pescoço. *Provavelmente não achavam importante, só portavam aquele instrumento para evitar problemas com a polícia*, pensei. Desde que não chegassem perto de mim, eu conviveria. Não privaria minha liberdade, mesmo que controlada, por conta destes cidadãos de segunda categoria. Quando eventualmente alguém desconhecido buscava diálogo comigo e estava sem máscara, eu alertava e não dirigia mais a palavra. Isso ocorreu algumas vezes. Mas hoje estava tranquilo. A moça de tailleur usava uma máscara que combinava com sua roupa. Ela tinha trejeitos de executiva. De vez em quando, ela parava de olhar para o celular e olhava para frente, observando o horizonte, como um capitão que procurava algum sinal na vastidão do mar. A diferença é que ela o fazia com uma soberba forçada, o que denunciava sua insegurança por trás daquela máscara, daquela *persona*. Ela começou a atrair minha atenção por sua forma peculiar de ser. Em minha cabeça passou a ideia de que tudo aquilo era uma farsa. Em vez de uma executiva bem-sucedida e ocupada, que é o que parecia, eu tinha ao meu lado uma desempregada ansiosa com sua situação, foi o que pensei. Alguma coisa se inquietou dentro de mim, quis conhecer melhor aquela mulher, então puxei assunto.

— O parque sempre inspira calma, eu me acalmo. Acontece o mesmo contigo?

Fiquei aguardando uma reação. Ela ficou entretida um pouco mais no celular, então respondeu laconicamente.

— Acho que sim.

Respondeu sem tirar os olhos da telinha. Estava pensando em uma segunda tentativa quando ela levantou, se despediu rapidamente e já foi saindo. Fiquei sem ação, mas não queria perdê-la de vista, não sabia bem por quê. Tive que pensar rápido, então me veio uma ideia.

— Para onde você vai?

Ela reduziu seus passos, virou-se, fitando-me com um olhar crítico, perguntando com os olhos o motivo de minha pergunta, então respondeu segura:

— Vou para casa.

— Posso te acompanhar, te faço companhia, além de ser mais seguro andar acompanhada, também terei a oportunidade de te conhecer melhor.

— São quatro quarteirões daqui.

— Não tem problema, assim poderemos conversar tranquilo, sem pressa. Posso te acompanhar?

— Se você quer, ok.

- Qual o seu nome?

- Mari

Em uma conversa meio reticente, ela me disse que era executiva de uma startup de moda e que estava no parque buscando inspiração para uma nova estampa de tecido florida e que havia fotografado as flores em uma floricultura. Isso para a nova coleção da estação que apresentaria para a empresa.

Comentei que estava de licença médica por três meses, falei que era técnico de desenho industrial e trabalhava em um escritório de engenharia. Quando chegamos em sua casa, ela parou antes de entrar, me olhou e agradeceu pela companhia.

— O prazer foi meu de te acompanhar, talvez nos encontremos qualquer hora de novo no parque!

Ela virou-se e entrou sem me olhar. Voltei para casa ainda mais intrigado com aquela mulher. Nas duas noites que se seguiram, ela apareceu em meus pensamentos. O sentimento era ambíguo.

Eu estava de licença médica por conta de uma arritmia cardíaca, estava em descanso, monitorando meus batimentos cardíacos, o médico suspeitava de estresse. Com o recolhimento em casa, sem trabalho, meu coração não apresentou mais problemas, mas teria que fazer o regime indicado com alguns medicamentos até completar os noventa dias. Com vinte dias de licença, conheci Mari. Nas duas noites sequentes ao encontro, antes de dormir, eu pensava nela. Por algum motivo eu queria desvendar a farsa de Mari. Sua soberba me irritava, mas eu não tinha raiva dela. Um sentimento ambíguo se instalava dentro de mim. Ela era até bonita de corpo e de rosto, mas com trejeitos que não me agradavam. Parecia que tinha uma "rainha na barriga". Na segunda noite subsequente ao encontro, acordo para mijar. Encosto a mão no ladrilho gelado do banheiro, com sono, mas eis que aparece Mari em meus pensamentos. Voltei para o quarto, sentei na cama pensando nela e em minha curiosidade. Sempre gostei de agentes secretos e investigadores, então resolvi investigar.

Levantei às 5h40, tomei um rápido café, peguei o carro e fui para a casa dela. Parei o carro a uma certa distância de sua casa como um investigador dos filmes policiais. Ela saiu apressada. Ligo o carro e acompanho seus passos. Foi em direção ao ponto e pegou o ônibus, que eu sigo, até que ela desce. Estaciono o carro e observo Mari entrar num prédio. Com cerca de quarenta minutos, ela sai. Queria continuar seguindo, mas então pensei que seria melhor investigar o que ela foi fazer naquela empresa. Na porta de entrada, tinha uma placa que dizia "Processo seletivo para atendente de telemarketing", mas quis confirmar minha desconfiança. Subi um lance de escada, saindo em um corredor com salas nos dois lados. Na primeira sala aberta, eu entrei. Três funcionários me olharam, então perguntei:

— Sobre o processo seletivo?

Um homem magro, monótono, certamente comido pelo cotidiano de trabalho me indicou a terceira porta à direita. Entrei na sala e avistei uma secretária, um banco com três pessoas, provavelmente candidatos, pensei. Confirmei se era do processo seletivo, então perguntei:

— Vim buscar minha colega, mas me atrasei. Ela é loira, pele clara, bonita, bem-vestida.

— Uma moça parecida acabou de sair.

— Muito obrigado.

Na volta para casa, enquanto rodeava o parque, avistei uma pessoa com um tailleur azul-escuro, igual ao que vi Mari usando hoje de manhã. Parei o carro. Confirmei que era ela, então fui em sua direção.

— No mesmo banco que nos conhecemos! Tudo bem contigo? Posso me sentar?

— O banco é público.

— Nossa! Se quiser ficar sozinha, sem problema, conversamos outra hora.

— Não! Desculpe. Senta!

— Não quero te perturbar.

— Não perturba.

— De novo no parque, o que te trouxe aqui hoje?

— Eu é que pergunto. O que você está fazendo aqui a essa hora?

— Estou de licença médica, então não tenho o que fazer, e andar é bom para minha convalescença.

Fiquei esperando por alguns segundos uma resposta, que veio. Percebi que ela demorava um pouco para responder, refletia antes.

— Como eu te falei, venho aqui buscar inspiração para meu trabalho criativo.

Conversei mais um pouco com ela e fui embora com a plena convicção de que aquela menina era uma farsa. Entrei no carro e pensei: *Acho que acabou!*

Retorno para casa, mas não consigo tirar Mari da cabeça. Sempre que termino meus devaneios com ela, concluo que ela é uma tola imatura e falsa. Mas vira e mexe, lá está ela em meus pensamentos. Resolvi fazer um exercício inverso em minhas reflexões, com a seguinte questão: o que tem Mari que me cativa e faz com que sempre pense nela? Além de sua beleza e um charme, que no fundo me atrai, tem algo misterioso a ser descoberto, que minha alma quer saber e eu tenho que desvendar.

Então pensei em presenteá-la. Seria uma forma de aproximação. Mas o que poderia dar a ela? Então me veio à memória a estampa da blusa que Mari está desenhando. Me disse que eram cravos estilizados e confessou que gostava muito de flores. Resolvi presenteá-la com um buquê de cravos. Passei em algumas floriculturas, mas não estava encontrando, até que encontrei na quarta floricultura. A atendente era uma senhora que conhecia bem as flores. Quando demandei um buquê de cravos, ela me disse:

— O senhor veio no lugar certo, nós temos cravos nas cores rosa, vermelho, branco e amarelo. Se o senhor quiser, posso fazer um arranjo utilizando todos estes tipos de cravos.

— Sim, por favor.

A minha decisão se deu depois de observar alguns arranjos muito bem elaborados, provavelmente, prontos para a entrega. A senhora Mirna preparou um lindo buquê, cujo núcleo tinha cravos vermelhos, seguidos do cravo rosa, que se dilui em uma faixa de cravos brancos, terminando com uma linha circular de cravos amarelos. Quando ela entregou o buquê nas mãos de Mauro, ele disse:

— Muito lindo, senhora... Qual o nome da senhora?

— Mirna.

— Sra. Mirna, um trabalho de artista.

— Espero que este buquê atinja seus objetivos, senhor...

— Mauro.

— Quando preparo um arranjo, sempre penso na boa energia deste presente. É o que me inspira para realizar estes trabalhos.

Disse, apontando para os buquês por ela elaborados, que aguardavam o seu dono.

— Minha filha diz que aquilo que produzimos sempre deixa um pouco de nós no produto. Ela também gosta de cravos.

Então Mauro contou rapidamente sua história com Mari e a ideia de presenteá-la com um buquê.

— Eu não sei o que me mobiliza para querer desmascará-la. Sua soberba me incomoda, então resolvi investigar, porque desconfiei de toda aquela conversa dela. Era uma farsa!

Neste momento Mirna começou a sentir uma certa familiaridade com esta história que Mauro contou. Mari é o nome de sua filha. Mirna então resolve ir jantar com Mari em seu apartamento, pediram um *delivery*, por conta da mãe. Mirna percebe o vaso da sala com lindos cravos coloridos numa bela composição.

— Boa noite, filha. Que lindos cravos aqui no vaso!

— Ganhei ontem.

Mirna reconheceu o arranjo, não tinha dúvida que ela mesma tinha feito.

— Ganhei de um fã. — Chegou Mari, sorrindo, com um olhar matreiro. — Ele colocou no bilhete que quer encontrar comigo de novo. Conheci o cara na praça. Sentou ao meu lado e puxou assunto. Quis vir comigo até em casa conversando.

Passei dois dias de sentinela no celular, esperando uma resposta de Mari, até que ela aceitou o encontro. Encontramo-nos *na mesma praça, no mesmo banco*. Esperei cinco minutos até Mari chegar. Neste tempo, tentava entender este seu impulso, que se constituía de uma repulsa e uma atração. De um lado a soberba e falsidade, do outro uma necessidade de aproximação. Queria estar perto, conhecer melhor, eu tinha atração por ela. Observo a chegada de Mari. Tive a oportunidade de observá-la melhor, percebi o paradoxo do seu charme provinciano de uma mulher da metrópole, sua elegância. Gostei do que vi. Ela sentou-se ao seu lado, fitou-o e disse:

— Então! Você queria falar comigo... Obrigada pelo buquê. Um arranjo muito lindo, e você acertou na flor, gosto muito de cravos...

O silêncio gritou, então falei:

— Queria continuar te conhecendo. Tem algo que me atrai em você, não sei dizer bem o quê. Fiquei intrigado contigo. Depois que te conheci, sempre penso em você, então resolvi te procurar.

Um duplo segredo se aloja nesta relação. Ela sabia que o buquê tinha sido feito pela sua mãe e não contei que a seguia até a empresa que estava contratando funcionários.

Depois de conversarmos, Mari se despediu e colocou a máscara para retornar ao seu apartamento. No caminho, ela sentiu que Mauro sabia algo, se viu na mentira que criou conversando com ele desde o primeiro encontro. Mas, ao mesmo tempo, sentiu sinceridade nas palavras de Mauro. E o buquê de cravos tocou a mulher. Ela não queria perder o afeto que recebeu. Este sentimento disparou a medida de suas carências.

Mari chegou em casa triste, sem apego. Abriu a janela, olhou e respirou o ar da urbe. Pegou a meia garrafa de vinho na geladeira. Encheu o copo de requeijão. Pediu para a Siri tocar uma música. Assentou os cotovelos na mesa da sala, apoiou a cabeça nas mãos e pensou em suas carências. O álcool evita a angústia, mas o pensamento não sai. *Se eu quero afeto, tenho que fazer por merecer, tudo é tão perverso... está perverso, estou me embrutecendo*, pensou. *Tenho que batalhar, enfrentar, buscar, para sair do buraco*. Serviu mais vinho. De certa forma aquele segundo copo inaugura um novo momento. Novos pensamentos. Lembrou-se de sua mãe. Resolveu então fazer uma ligação de vídeo. A mãe estava começando o jantar.

— E aí, filhota, que bom que ligou, estava com saudades.

— Se estava com saudades, por que não ligou?

A mãe não esperava essa cobrança, mas respondeu:

— Você tem razão, por que não liguei, se estava com saudades? Não sei dizer. Me sinto mal agora por não ter ligado. Ainda bem que você ligou.

— Não esquenta. Eu é que estou neurótica... estou carente, mãe.

— Ô, minha filha, não fica assim, eu estou aqui para te ouvir.

— Não adianta, tem coisas que você não vai entender, pode até complicar ainda mais. Deixa quieto, eu liguei por impulso.

— Fez muito bem de ligar, fiquei muito feliz de falar contigo, meu amor. Desculpe a minha ausência. Igual a você, eu tenho os meus problemas.

— Eu sei, mãe, não estou te cobrando nada.

— O problema sou eu com você, e não você comigo. Você ligou para mim, e isso mostra que está buscando algo. Eu estou aqui imóvel, sem esperança, comida pela velhice que chega.

— Para, mãe! Você não é velha, tem muito que fazer nessa vida.

— Você liga porque está carente, e eu fico aqui chorando as pitangas.

— Este termo eu não conhecia.

— Tá vendo como eu sou velha? É uma expressão de minha época.

— Então, tá, só liguei porque bateu saudades, vou desligar, um beijo.

Existia entre elas uma amizade e uma afetividade breve, mas sólida. Falavam pouco, mas o essencial. Existia um respeito mútuo.

Mari desligou o telefone, matou o resto do vinho e continuou driblando sua angústia. Mais um dia desempregada.

No parque, eu rendi a conversa com Mari para ver até onde ela iria com suas mentiras. Terminada a conversa, fui direto para o barzinho. Pedi uma IPA grande, garrafa. Entre os goles, lembrei que Mari havia dito que tinha feito umas fotografias de flores para um tecido em uma floricultura. Lembrou-se da senhora que havia feito o buquê e que havia dito que sua filha gostava de cravos. No encontro ela declarou que gostava de cravos. Será que existe alguma relação entre Mari e a funcionária da floricultura? Aquilo me inquietou. Então decidi conversar com ela.

No início da manhã, me dirigi para a floricultura. Chegando, percebi que ainda estava fechada, me aproximei e encontrei uma plaquinha escrito *Abertura 9h — Fechamento 18h30*. Resolvi então procurar um bar para tomar um café e esperar os vinte minutos que faltavam. O bar era bem próximo da floricultura. Com seu espírito investigativo, me dirigi ao dono do bar.

— Bom dia! Desculpe perguntar, o senhor conhece a funcionária da floricultura, uma senhora de uns cinquenta anos.

— Sim, a Senhora Mirna, ela sempre vem aqui lá pelas 10h30 comer um pão de queijo quentinho que eu faço. Praticamente todo dia ela vem.

— Ela trabalha há muito tempo na floricultura?

— Faz mais de dez anos. Começou a trabalhar depois que se separou do marido. Foram tempos difíceis para ela, conversávamos bastante, dei um apoio naquela época... Mas eu não tinha nenhum interesse por ela, o senhor sabe né, éramos apenas amigos, e ainda somos. Mas por que o senhor está perguntado sobre ela? O senhor é parente?

— Não! Não sou parente. Conheci uma mulher, então resolvi dar-lhe flores, a Mari.

— Mari é o nome da filha de Mirna!

— Então é verdade? Estava desconfiando que existia uma relação entre elas, que coincidência!

— Eu não acredito em coincidências, deve ter um motivo para isso ter acontecido, talvez um dia o senhor venha a saber.

— É, talvez, nunca se sabe.

Me despedi, paguei o café e falei que qualquer dia voltaria para experimentar o pão de queijo. Quando cheguei à floricultura, Mirna estava iniciando a preparação de um buquê. Entrei devagar, Mirna não percebeu, estava cortando do rolo o papel preto que envolveria as flores. Pegou a tesoura e cortou o fitilho, deixando de lado. Na mesa já estavam separadas as flores e ramagens que iriam compor o buquê. Lírios, rosas, ramas de tango, aster, alguns galhos de dracena e as graciosas astromélias. Começou a dispor as flores, mas interrompeu. Se dirigiu à bancada e cortou um pedaço de fita de cetim azul-claro.

Retornou, compôs o buquê e amarrou bem apertado com fitilho. Cortou os talos, alinhando-os. Então, dispôs o buquê já pronto no bico do papel, cortou no tamanho certo, envolveu o buquê e prendeu junto aos caules, em forma de babado. Não tive coragem de interromper o hábil trabalho de Mirna, apreciando cada segundo de sua execução. Com o buquê pronto, falei:

— Bom dia, senhora Mirna! A senhora é muito talentosa na preparação de um buquê.

— O senhor estava observando?

— Sim, não quis interromper, apreciei toda a execução.

Mirna esboçou um sorriso tímido e falou:

— Faço isso todo dia, várias vezes.

— Daí vem sua habilidade, é bonito de ver... Bom, meu motivo de ter vindo é que queria me desculpar se falei algo de sua filha que não lhe agradou.

— Então o senhor descobriu?

— Eu tinha uma suspeita. Conversando com o dono do bar, perto da esquina, ele me disse o nome de Mari, sua filha.

— O senhor Arnaldo, conheço ele desde que cheguei por aqui, um amigo.

— Então, queria me desculpar se eu disse alguma coisa imprópria sobre sua filha. É claro que, se eu soubesse que era sua filha, não falaria daquela forma. Mas lhe digo que tudo que disse é o que sinto.

— Não se preocupe, senhor Mauro. O senhor tem razão em se desagradar com as mentiras de Mari. Ela faz isso sem maldade. Acontece que ela é muito orgulhosa. Cria uma imagem dela, do que gostaria de ser, mas a realidade é outra, e ela não sabe lidar com isso.

— Então ela não trabalha com design de moda numa grande empresa?

— Ela está desempregada há cinco meses. Realmente, ela trabalhava com moda, tinha um bom salário, mas foi mandada embora por conta da crise econômica. A empresa desmontou o departamento de artes para comprar os modelos importados da China. É muito mais barato. Desde então, não tem um dia que ela não saia para procurar emprego. Ela é competente, tem talento, é criativa e valoriza seu trabalho, o que muitas vezes dificulta. Espero não ter atrapalhado o relacionamento de vocês. Achei que, lhe contando, ficaria mais fácil de entender o comportamento dela.

— A senhora fez bem de me contar, a verdade sempre é melhor para entendermos as coisas. Elogio sua coragem de contar para mim, sinto que fez isso para o bem dela.

Retornei para casa com outro sentimento em relação a Mari. Iniciei, então, uma comunicação constante com ela nas redes sociais. Nas conversas não tive coragem de entrar no assunto do seu desemprego. Diluí minha irritação, dando lugar a uma atitude mais compassiva. Mari percebeu a mudança e começou a ser mais atenciosa comigo. A conversa evoluiu, ambos explorávamos nossos gostos em música, culinária, literatura, percebendo afinidades. Não perguntei mais nada sobre o trabalho de Mari, até que ela me convidou para um encontro no parque, pois tinha uma coisa importante para me dizer. Na manhã do encontro, uma brisa fresca percorria o parque, proporcionando um alegre balé de folhas secas, que observei feliz e otimista por encontrá-la.

— Bom dia, Mari, escolhi este banco porque construímos nossa história aqui, onde tudo começou.

— Fez bem, achei mesmo que nos encontraríamos aqui.

— Então! Qual a boa nova que você tem para me contar?

— Antes eu quero falar o que senti quanto te conheci... Eu tinha uma desconfiança de você, sentia uma falsidade em suas palavras, não sabia explicar por que, mas percebi seu interesse por mim. Então veio o buquê. Depois disso as coisas começaram a mudar. Percebi que o buquê tinha sido feito na floricultura em que minha mãe trabalhava, vi na etiqueta, mas também reconheci o estilo do buquê.

— Muito lindo, por sinal, sua mãe é uma artista.

— Depois do buquê, você começou a me tratar de forma diferente. Nós nos aproximamos, embora distantes.

— Depois que conversei com sua mãe, mudei meu conceito em relação a você. Consegui compreender melhor suas atitudes, então apareceu para mim uma outra pessoa. Foi quando pude entender o meu interesse por você. O amor às vezes percorre caminhos estranhos.

Eu estava visivelmente emocionado, meus olhos mareavam com lágrimas de felicidade. Então Mari, de forma inusitada, pega levemente no meu queixo, vira para sua frente, me dá um beijo breve na boca e diz:

— Você gostaria de me acompanhar até em casa? No caminho vou te contando sobre o emprego que finalmente arranjei.

FIM

BRUNO

A ROSA DE ANTUÉRPIA - 11/12

Logo de manhã vi a mensagem de Virgínia propondo local e data para o encontro. Eu conhecia a lanchonete que ela tinha proposto, no centro, respondi positivo. No sábado à noite, ficou que nós nos encontraríamos.

Geralmente eu busco em alguma situação vivida a inspiração para a construção de uma história. Li uma reportagem em que um senhor de idade, um homem abastado e excêntrico, morreu. Quando a família estava fazendo a partilha dos bens, um cálice de metal chamou a atenção de um dos netos do falecido. Ele percebeu que uma parte lascada da pintura apresentava um brilho dourado. Resolveram verificar e constataram que a peça era de ouro maciço. Verificaram em outras peças e constataram que havia dezenas de peças de ouro disfarçadas pela pintura.

Fiquei pensando nas peças de ouro disfarçadas, então me veio a ideia de um capítulo.

Esta é uma história de uma rosa feita de metal, um lindo trabalho de escultura. A peça foi trazida por Alfred Keller da Antuérpia, sua cidade natal. Alfred trabalhava na joalheria da família. Se formou em Química e se especializou na forja de ligas metálicas. Tinha um colega de turma, o Cristian, que desde adolescente produzia esculturas forjadas. Terminando a faculdade montou um ateliê. Era um grande amigo.

Alfred teve uma aproximação de Florência, que era filha da governanta da casa de seus pais, a senhora Mafalda Meier. A menina nasceu e foi criada nesta casa, de certa forma foi adotada pela família. Teve seus estudos financiados pelos pais de Alfred, Sra. Juliette e Sr. Arnoud. Se tornou empregada doméstica bem cedo, com 16 anos já trabalhava. Quando atingiu a adolescência, Florência exerceu uma forte atração em Alfred.

Existiu um relacionamento entre Alfred e Florência um pouco antes de ele vir para a América do Sul. Florência percebeu em Alfred uma mudança de olhar quando ela se tornou mulher. O afeto infantil que Alfred tinha por ela deu lugar a uma atração. Tinha uma energia que agora habitava a relação entre eles. Alfred nunca tinha sentido aquilo. Aos poucos, a recíproca foi se tornando verdadeira. Florência começou a se inquietar quando falava com Alfred e mesmo distante começou a sonhar acordada, imaginando um relacionamento com ele. Aquilo começou a crescer dentro dela. Um dia, quis amá-lo. A primeira vez para ela. Foram dois anos antes de sua saída para a América do Sul.

Numa tarde ensolarada e quente, Alfred estava sentado no alpendre da casa e observou Florência indo em direção ao quintal com uma bacia de roupas para pendurar nos varais. Ele a seguiu com os olhos o tempo todo. Então, antes de entrar no corredor feito pelos lençóis, ela virou-se para trás e fitou Alfred, como que sabendo e sentindo que ele a observava. Deu um sorriso matreiro e entrou no corredor de lençóis. Num ímpeto, ele se levantou e foi em direção a ela. Entrou no claro caminho entre os panos e a encontrou com os braços esticados, colocando um pregador na fronha molhada. Parou a um metro da menina, e ficou inerte, apenas contemplando. Ela não perdeu o seu fluxo, continuou em sua tarefa, mas virou para ele e deu um sorriso rápido, continuando a sua lida. Na hora que Florência se virou para retornar, Alfred obstruiu sua passagem. No entre olhares uma comunicação intensa se instalou, os batimentos cardíacos de ambos se alteraram, então Alfred levantou suas mãos em direção aos cabelos de Florência e afagou sua cabeça, esticou os dedos por entre os fios de cabelo, indo e voltando, indo e voltando, se aproximando cada vez mais do seu rosto, e lhe deu um profundo beijo, que foi correspondido. Dali para a retirada do lençol seco no varal e a preparação do ninho de amor, não demorou mais do que dez segundos. Se amaram intensamente, entre carícias, beijos e o sublime momento. Quando os corpos satisfeitos se distanciaram, Alfred teve uma importante revelação. Ele havia desvirginado Florência. Viu em suas pernas as marcas de uma ejaculação sangrenta. Em sua quietude, Alfred se aprofunda em seus pensamentos. Mas, antes que qualquer interferência apareça, Florência pegou nos braços de Alfred e ele, como saindo de um transe, olhou para a sua amada, que traz o primeiro homem de sua vida para seu lado. Ficaram os dois deitados juntos por um tempo, a observar o esvoaçar das roupas, o desenho do vento.

    Alfred era uma pessoa recatada e solitária por opção. Valorizava muito o trabalho, quase não tinha amigos. Cristian era um dos poucos.

    Certo dia, Alfred chamou Cristian para tomar uma cerveja. Ele tinha um objetivo, então fez um pedido estranho, incomum. Ainda com espuma no bigode, solicitou:

— Quero fazer uma encomenda para você. Uma escultura. Uma rosa presa num pedestal, mais ou menos deste tamanho.

Abriu a palma da mão e definiu uma altura de trinta centímetros, aproximadamente.

— Quero de ouro maciço. Te entrego três quilos para você trabalhar, se sobrar, coloque no pedestal.

— De onde veio essa ideia?

— Tive um sonho. Eu estava numa praia. Na minha frente tinha uma morena, de cabelo liso e brilhante. Eu corria em direção à mulher, com uma rosa na mão. Quando cheguei perto, ela parou. Então alcancei-a e lhe dei a flor. Depois que ela recebeu, uma luz branca e forte começou a irradiar de seu rosto, envolvendo completamente o meu corpo. Senti uma felicidade imensa, então ela disse: "isso é amor". Acordei com um profundo sentimento de alegria.

— Então não foi um pesadelo, é o oposto.

— Sim! Um sonho bom. Quando lembro, meu coração se alegra. Quero eternizar aquele momento, então pensei numa estátua.

Mentiu.

Inconscientemente, ele queria dar a peça à Florência, pois ele vivia uma contradição em relação ao afeto que tinha por ela e a posição dela como governanta. Nunca teve coragem de propor outro tipo de relação, como casar-se com ela. Se sentia hipócrita, um aproveitador, então o sonho revela um caminho para reparar sua falta, pensou. Logo após o sonho, tomando o café da manhã, pensou em Florência, seu afeto por ela, mas também apareceu seu constrangimento por conta de sua condição de classe. Se sentir como o patrão dela o incomodava. Então veio a ideia de forjar uma escultura em ouro de uma rosa. Pensou em disponibilizar três quilos de ouro para a forja. A rosa do sonho. Deixaria para Florência como pecúlio. Ela receberia somente depois de sua morte, pensou.

— Você quer ela inteira de ouro?

— Sim. Até o pedestal. Gostaria que ela fosse coberta por uma pintura sua, para disfarçar seu conteúdo.

— Vou precisar de um tempo para fazer.

— Sem pressa. Se aceitar fazer, amanhã te entrego o ouro. Te pago uma entrada, metade do valor, na conclusão pago o restante. Pode ser?

— Sim.

Cristian aceitou, e em três meses a peça estava pronta.

Alfred colocou a peça numa estante na biblioteca. Seus pais gostaram da escultura, mas não sabiam que era de ouro maciço.

Depois de Florência, Alfred não procurou mais nenhuma mulher. Se relacionavam constantemente, mas sempre com os olhos dos pais distantes, pois mantinham as aparências.

Alfred percebeu a atenção que Florência despendia a ele, ela se ofereceu para ajudá-lo na joalheria. Ele viu a oportunidade de ficar mais próximo dela. Pediu para o Sr. Arnoud liberar uma parte do dia de trabalho de Florência para ela ajudar em alguns trabalhos na oficina de joias. O pai aceitou. Alfred queria se aproximar da menina, isso é certo. Mas ele não misturava as coisas. No trabalho, gostava de ensiná-la a forjar ligas metálicas, polir peças, prender pedras preciosas nas joias... Ela era inteligente, pegava rápido as ideias. Alfred se alegrava com isso, o que o estimulava a ensiná-la ainda mais. Ela sempre aceitava feliz os ensinamentos, criando um círculo virtuoso na relação.

Esporadicamente, se amavam. Existiam dois momentos na relação. Um profissional, rotineiro, de confiança mútua, e outro afetivo, um afeto comedido, circunscrito, clandestino.

Os negócios da família iam bem, então o Sr. Arnoud propôs que ele fosse para Lima, no Peru, para montar uma filial da joalheria na América do Sul. Alfred levou um baque, não conseguia dar uma resposta para seu pai.

— Nossa, pai! Isso é muito grande para mim, não sei se tenho condições... Me dê um tempo para pensar, então te darei uma posição.

— Sim, reflita, porque é um passo muito importante.

Falou Sr. Arnoud com uma entonação serena, mas aguda, reta.

Assumir esta empreitada era transformar completamente sua vida, seus hábitos, seus poucos amigos. Então pensou em Florência. Alfred sentiu pela primeira vez dependência de seu afeto. Pôde medir o sofrimento que seria estar longe dela. Esperou uma oportunidade de contar para ela. Numa terça-feira à tarde, no jardim de inverno, ouviu Florência repassando com a Sra. Mafalda os produtos a serem comprados na feira. Ele encontrou aí a oportunidade de conversar com ela. Se preparou! Aguardou o momento em que ela esboçou a saída para a feira. Então entrou em cena, informando sua saída para a governanta e na sequência olhou para Florência e perguntou se ela estava de saída. Ela disse que sim. Com um trejeito meio desconcertado, para que Florência perceba que havia algo, propôs uma carona para a funcionária/amante. De pronto, a governanta se manifestou.

— Não precisa, senhor Alfred, Florência está acostumada a ir sozinha, não se incomode, não!

— Não é incômodo, é meu caminho, além do mais, ela poderá voltar mais cedo para continuar as tarefas da casa.

Argumentou ardilosamente. A governanta cedeu, e Alfred pôde conversar com Florência sobre a viagem para Lima.

Contou a ela o projeto de seu pai. Florência refletiu um pouco e resolveu falar:

— Quer dizer que não nos veremos mais.

Alfred não tinha uma opinião formada sobre isso, então disse:

— Não! Isso não... Não quero tirar você de minha vida, vou pensar em alguma coisa.

Alfred chegou à feira, deixou Florência e retornou refletindo sobre esta complexa situação. Então resolveu falar com seu pai.

— Então, meu filho, pensou na oferta de ir para Lima?

— Pensei, pai, não sei se terei capacidade de tocar o negócio sozinho. Entendo a importância de desbravar novos mercados, sei que você me dará assistência, não vai me abandonar, eu sei.

O pai de Alfred expressou com a cabeça a certeza do filho.

— Sozinho lá, acho que será muito difícil... então eu pensei numa possibilidade. Se eu levasse Florência, talvez eu conseguisse tocar o negócio. Neste tempo que ela trabalhou comigo, foi muito bem. Hoje ela conhece bem a rotina de trabalho de uma joalheria. Vamos contratá-la como governanta. Ela cuida da casa, gerencia os funcionários e me ajuda a tocar a joalheria.

— Precisa ver se ela aceita.

— Pelo senhor, tudo bem?

— Poder ser, desde que ela aceite de bom grado. A verba destinada para pagamento de um funcionário em Lima eu repasso para ela como sua governanta, daí para frente, a responsabilidade de contratação é sua.

— Fique tranquilo, pai, vou expor para ela a proposta e logo trago uma resposta.

Alfred e Florência estavam se acarinhando depois de se amarem, quando ele falou:

— Tenho uma proposta para te fazer.

Ele sussurrava depois do gozo, abraçado a Florência. Esticou os dedos por entre os fios de cabelo dela, *indo e voltando, indo e voltando*. Então disse:

— Gostaria que você fosse comigo para o Peru. Ficaremos mais próximos, e eu também preciso de alguém para me ajudar a tocar a joalheria. Quero que administre minha casa, seria contratada como governanta, como sua mãe, e também me auxiliaria com o negócio da joalheria.

Florência pensou no volume de trabalho. Tocar a casa e a joalheria seria muita coisa. Um pouco ansiosa, disse:

— É muita tarefa, acho que não dou conta. Cuidar da casa e da joalheria... não sei se consigo.

— Você será a governanta, vai poder contratar funcionários para cuidar da casa. Na joalheria, você me ajuda no que der. Sua experiência de trabalho na oficina da loja de Antuérpia é mais do que suficiente para tocarmos o negócio.

Enquanto os dedos de Alfred acarinhavam os cabelos de Florência, ela pensava no desafio. Mas o que a fez decidir foi a possibilidade de ficar próxima a Alfred.

— Sim, eu posso ir, mas, se não conseguirmos, seremos responsáveis pelo fracasso de todo o investimento.

— Fique tranquila, meu pai se comprometeu a dar toda assistência para nós. Mas tenho certeza de que podemos tocar tranquilamente.

— Você acha?

— Tenho certeza.

Os dois se beijaram profundamente.

O Sr. Alfred migrou com Florência para o Peru, na época ela tinha 18 anos. Florência contratou faxineiras, jardineiros, cozinheiras, além de cuidar das finanças de Alfred. Se tornou efetivamente sua governanta. No Peru, se instalou em Lima. Era ourives. No começo fazia reforma de joias, também comprava e vendia ouro e prata. A joalheria apresentou um crescimento constante. Começou a comercializar ouro, prata e pedras preciosas peruanas com a Bélgica, além de criar joias para as elites locais. Alfred ficou solteiro por toda a vida e se tornou rico e conhecido.

Com a chegada de Florência em sua vida, algo havia mudado, mas os dois mantiveram suas posições. Ela agora como governanta, que nasceu na casa, e ele como filho do patrão. Eles se descobriram e construíram uma intimidade saudável, mas com restrições.

Em todos estes anos, Alfred perpetuou a relação com Florência de forma crescente. Governanta e amante. Sentiu que, se propusesse algo como casar-se com ela, o Sr. Arnoud seria radicalmente contrário, e isso causaria um problema em sua relação tanto com sua família como com Florência, que possivelmente não aceitaria um casamento nessas condições. Florência era agradecida à família Keller por tudo que tinha dado a ela, não ia querer desagradá-los.

Um dia, Alfred foi convidado por alguns fornecedores para visitar uma jazida de turquesa em uma região florestal e contraiu um vírus. Uma derivação da malária. Apresentou um delírio racional, concatenando logicamente as palavras, mas sem a noção de consequência dos atos, sempre com muita febre, desidratando-se fortemente.

Num ímpeto delirante, levantou da cama, se dirigiu para a escrivaninha, pegou um papel e começou a escrever. Seu braço, apoiado na mesa, deixou a marca do seu delírio, o suor que corria por todo o seu corpo, então escreveu um bilhete para Florência comentando de forma metafórica sobre a escultura, entendendo, em seu delírio, que seria melhor assim. Se ela se empenhasse em ouvir suas palavras, faria jus ao verdadeiro valor do presente. Delirou por dez dias e morreu.

Quando ele morreu, Florência já estava com 50 anos, a juventude já não mais lhe pertencia. No seu leito de morte, entregou a Florência o bilhete escrito para ela e sussurrou para Florência lê-lo. Ela abriu o papel e começou a ler em silêncio, então ele interrompeu.

— Leia em voz alta, por favor.

— Está bem. "Me escute com atenção! Nem tudo na vida são rosas, vivemos muitos percalços e dificuldades, mas temos que enfrentá-los para tocar a vida. Porém, aquilo que se constrói com base sólida, com determinação, com carinho e atenção traz em si o verdadeiro valor. Uma flor bem segura não murcha. Enquanto viveres, guarde com atenção as minhas palavras e valorize as lembranças que te fazem feliz. Com o tempo verás que, por detrás do verniz, pode estar sua liberdade".

Depois de sua morte, o testamento foi aberto por seu advogado com testemunhas. Ele doava toda a sua fortuna para a igreja anglicana, que o acolheu no Peru, atenuando suas inquietações em momentos de crise. Simpatizou por vários padres da comarca. Doou todos os bens para a igreja, menos a casa, que seus pais venderam logo depois de sua morte, e a Rosa de Antuérpia. O único presente que deu em toda sua vida, e foi para Florência.

Florência teve que buscar onde morar. Da noite para o dia, a vida que havia construído com Alfred sumiu. Tinha um bom padrão de vida. Recebeu uma indenização trabalhista, mas logo os recursos acabaram. Ela tinha muitas prestações a pagar, queria preservar como nunca seu nome. Pagou suas dívidas e ficou sem nenhum recurso. Arranjava empregos instáveis, de baixa remuneração. Chegou a passar fome. Se dispôs de tudo que tinha, inclusive da Rosa de Antuérpia.

Mas o que ninguém sabia, apenas uma pessoa, é que a rosa doada para Florência era de ouro. A peça e a base. Feita pelo amigo de Alfred, Cristian. O amigo da época da faculdade gostava de esculturas metálicas. Desde muito jovem, aprendeu a fazê-las e se tornou um especialista em forjar os metais. Ele fez o pedestal com 2.784 gramas de ouro. Com a morte de Alfred, Cristian se lembrou da peça e por curiosidade foi atrás de seu paradeiro. Quando foi para o enterro de Alfred no Peru, descobriu que a flor foi doada para Florência, que, por necessidade financeira, vendeu para uma loja de antiguidades.

Cristian investigou o paradeiro de Florência e descobriu seu endereço. Então ele marcou com Florência para conversar. Falou que tinha algo importante para dizer. Cristian chegou no dia e hora marcados na casa de Florência, que logo teria que sair, pois a casa seria posta à venda.

— Bom dia, Florência.

— Bom dia, Cristian, entre, não repare a bagunça. Com a morte de Alfred, minha vida ficou de ponta-cabeça, deixei muita coisa por fazer.

Cristian balançou a cabeça negando o possível problema da arrumação. Quebrando aquele momento, disse:

— Sei que você gosta.

Cristian entregou para Florência um pacote embrulhado para presente. Ela abriu e quando viu abraçou seu amigo.

— Muito obrigado, eu adoro isso.

— Eu sei. Certa feita fui com Alfred comprar para você. Ele lhe deu para comemorar sua ida para trabalhar na joalheria, se lembra?

— Me lembro, e você comprou a mesma marca. Adoro estes tabletes de marzipã. Pelo menos alguma coisa boa está acontecendo. Espere um pouco, vou fazer um café para nós.

— Fico contigo na cozinha, vamos conversando.

— Então, tá.

— O que foi que aconteceu, eu falei com ele não fazia um mês!

— Foi muito rápido. Do retorno da viagem que ele fez para conhecer uma jazida de turquesa no meio da floresta até sua morte, foram menos de quinze dias. Uma febre muito forte, sudorese como eu nunca vi, tínhamos que trocar o pijama dele três vezes ao dia. Constantemente entrava em delírio, um delírio estranho, às vezes eu nem percebia logo, ele concatenava bem o raciocínio, mas falava coisas sem sentido. Teve uma parada cardíaca, foi fulminante.

Florência não conseguiu mais conter sua emoção e começou a chorar, um choro tímido, e num impulso ela disse:

— Ele foi o homem de minha vida, meu único homem.

Falou olhando com altivez para Cristian. Ela tinha uma determinação que contrastava com seu rosto todo molhado de lágrimas. Baixou a cabeça e ficou em silêncio. Cristian mediu a importância daquela revelação e falou:

— Sempre percebi algo entre vocês. Quando falava de você, os olhos de Alfred brilhavam. Tinha orgulho de você, do seu trabalho, de sua determinação. Mais de uma vez, elogiou a forma como você enfrentava as tarefas.

— Eu dediquei minha vida a ele, foi meu primeiro e único homem, mas nunca misturei as coisas, e ele também não. No trabalho eu era a governanta e ele meu patrão.

Um silêncio imperou naquela cozinha, onde os dois cuidavam, com os olhos, da água que se tornava café. Cristian então falou:

— Florência, eu fiz para Alfred a escultura de uma rosa em um pedestal, e ele me falou que deixaria para você, como forma de agradecimento pela sua dedicação a ele.

Eles se olharam por alguns segundos, então Cristian falou:

— Ele te amava, Florência, tenho certeza disso.

— Eu sei, nunca questionei o seu amor.

— Você sabe o verdadeiro valor da escultura?

— Sim, tive que vendê-la. Passei um momento muito difícil em minha vida, então fui obrigada a vender a escultura para poder sobreviver, vendi numa casa de antiguidades.

– A peça não pertence mais a você?!

– Não, eu vendi.

Cristian pensou alguns instantes, então disse:

– Temos que resgatar a peça. Florência! Ela foi feita de ouro maciço. Fui eu quem forjei e pintei a peça. Alfred não queria que as pessoas soubessem, pediu que eu a pintasse inteira, para disfarçar. Me disse que na hora certa falaria contigo sobre a riqueza que existia na peça. Aquela peça tem quase três quilos de ouro. Vamos ter que resgatá-la. Se a peça estiver ainda na loja de antiguidade, temos que comprá-la de volta!

– Mas eu não tenho dinheiro!

– Não se preocupe, eu te empresto. Se a peça ainda não foi vendida, temos que pensar nos seus argumentos para resgatá-la.

Cristian instruiu Florência para o que deveria ser dito para o dono do antiquário, o senhor Martinez.

Florência desceu do táxi, olhou para Cristian, que lhe retornou uma expressão de ânimo e fé. Ela se virou e entrou no antiquário. Chegou ao balcão e ficou aguardando uma cliente ser atendida. Quando terminou de atender a cliente, o proprietário se dirigiu à Florência.

– O senhor lembra de mim?

Adianta Florência.

– Você não me é estranha.

– Há cerca de um ano, eu vendi para o senhor uma escultura de uma rosa em um pedestal.

– Sim, agora me lembro.

– O senhor já vendeu a peça?

– Acredito que não, tenho que verificar.

Florência sentiu um frio na barriga, uma excitação agradável, bateu uma esperança crescente.

– Se o senhor ainda tiver a peça, eu quero comprá-la.

Florência foi muito imediata, o que fez Martinez desconfiar de algo. Teve muitos casos em que o vendedor de uma peça retornava para comprar de volta por perceber que vendeu muito barato. Sempre tentavam resgatar pelo preço que venderam, mas Martinez cobrava a revenda, tinha lucro, era sempre um bom negócio.

Martinez foi no seu estoque procurar a escultura. Encontrou-a. Retornou lentamente, pois queria observar melhor a peça.

— É esta escultura?

— Sim, é esta.

— Por que a senhora quer comprá-la de volta?

Perguntou para Florência, olhando em seus olhos.

— Esta peça foi feita para mim e dada pelo amor de minha vida, que faleceu há pouco mais de um ano. Eu não era casada com ele... trabalhava para ele. Com sua morte, fiquei sem emprego.

— Ele era casado?

— Não, mas não quis casar-se comigo por questões familiares, nem eu queria. Nós tínhamos uma vida equilibrada. Nosso amor era secreto, foi melhor assim, éramos felizes. Ele trabalhava em uma grande empresa do pai. Pegou um vírus mortal em uma viagem e em 15 dias faleceu. Recebi uma indenização da família, tive que sair do imóvel em que morava. Fui morar sozinha e fiquei muito tempo desempregada.

"A indenização que recebi logo acabou. Depois de um tempo consegui um trabalho de empregada doméstica, recebia pouco, tinha dívidas a pagar, prestações que eu fiz, não queria sujar meu nome, cheguei a passar fome. Então um dia, com muita dor, vim aqui vender o presente que ele me deu.

"Depois que arranjei um emprego melhor, fui guardando dinheiro nos últimos seis meses para conseguir resgatar esta escultura, que com tanto amor ele me deu e que representa muito para mim."

Quando começou a falar, Florência foi se desprendendo de seu objetivo primeiro, que era argumentar para resgatar a peça de ouro, se tornando emotiva pela perda de seu amado e pelas boas lembranças dos momentos que viveu com ele. Enquanto falava com o Martinez, seus olhos marejaram, e as lágrimas correram delicadamente pelo seu rosto. O comerciante, sensível à cena, pegou uma caixa de lenço de papel e colocou na frente de Florência. Sua desconfiança diluiu-se, dando lugar à compaixão.

— Vou te revender a peça com correção monetária, pode ser?

— Sim, claro! Nada mais justo.

O dono do antiquário gastou um tempo fazendo os cálculos, chegou ao valor e apresentou para Florência.

— Como a senhora vai pagar?

— Posso pagar em dinheiro.

Florência pegou menos da metade do dinheiro que Cristian havia lhe emprestado e entregou para o comerciante.

— Espere um minuto que eu vou embrulhar a peça.

Ao abrir a porta de saída, viu o táxi e Cristian com a porta aberta a observá-la. Ela abriu um sorriso largo e levantou a sacola aos céus.

— Temos que comemorar. Conheço uma rotisseria que colocou umas mesas na parte de fora. Servem bebida e oferecem produtos que eles preparam em forma de aperitivo, estão diversificando para sobreviver.

— Vamos comemorar lá em casa.

Florência apontou sutilmente para a sacola, lembrando Cristian da peça de valor que carregavam. O motorista do táxi estava se comunicando com a base da empresa, recebendo mais uma chamada, e não percebeu nada. Passaram no supermercado e compraram os comes e bebes. Pegando o carrinho de compras pequeno, que custou a achar, Cristian disse:

— Vamos comprar vinho, queijo, pão e salame, por minha conta... e uma sobremesa, você escolhe.

Florência sorriu como há muito não fazia e deu um ok com o dedo. Na cozinha, enquanto Florência preparava a pasta para petiscar com bolacha, Cristian saiu da sala, se aproximou e sentou num banquinho próximo de Florência. Disse:

— Agora a pergunta que não quer calar. O que você vai fazer com a peça?

Florência virou para Cristian com uma cebola na mão, o observou e voltou a descascar a cebola, elaborando uma resposta que parecia estar escrita em cada casca que ela lentamente retirava. Olhou para ele com os olhos lacrimejando por conta da cebola, o que sensibilizou Cristian, que pensou ser um choro emotivo, e então Florência disse:

— Vou guardá-la com muito carinho e encontrar um lugar seguro para deixá-la.

— Agora te pergunto de novo. Você sabe o valor desta peça?

— Não.

Respondeu com uma timidez envergonhada.

— Pela última cotação do ouro que eu fiz, ela vale cerca de 150 mil dólares. Isso só o valor do ouro. Existe o valor artístico que deve ser considerado. Eu estimo que ela valha no mínimo 200 mil dólares.

Florência continuou a preparar o creme para o aperitivo. Sem olhar para Cristian, falou:

— Mais um motivo para eu encontrar um lugar bem seguro para ela.

Florência terminou de preparar a pasta, pediu para Cristian abrir o vinho enquanto ela pegava as taças, foram para a sala, degustaram a comida. Depois de um bom gole de vinho, Cristian falou:

— Se um dia você quiser, posso fazer uma réplica de ferro. Pintada, vai parecer praticamente a mesma.

Pouco antes de ir embora, Cristian convidou Florência para trabalhar com ele em Antuérpia. Florência disse que pensaria na proposta. Tinha uma dívida com Cristian, que não mediu esforços para conseguir resgatar a peça, mas tão cedo não poderia pagar.

Sua vida em Lima estava fadada à carência. Ganhava pouco, não falava bem o espanhol. A economia no país, naquele momento, estava em forte recessão e com altas taxas de desemprego. Vivia uma forte instabilidade econômica. Então resolveu retornar à sua terra natal.

Cristian emprestou o dinheiro para a passagem de Florência. Ela chegou a Antuérpia e pegou um trem para o município de Mortsel, em cerca de vinte minutos ela chegou. Desceu na estação com uma grande mala, uma mochila nas costas e uma bolsa grande. Tem uma certa dificuldade de entrar no bonde. Da estação até a casa de sua tia Regina, davam três quarteirões e meio. Quando ela chegou, ninguém atendeu a porta. Sentou-se no lado de fora do prédio aguardando alguém chegar. Então, uma moradora do prédio que estava chegando perguntou quem ela era e convidou-a a entrar e aguardar, mais acomodada, na sala de espera do edifício. Depois de meia hora, Regina entrou no prédio e avistou sua sobrinha.

— Nossa, tia, quanto tempo!

— Nem fale, lembro de você mocinha, indo para Lima.

— Esta mocidade foi embora, tia. Depois de tanto tempo, quando eu apareço, é para te dar trabalho.

— Que nada, onde moram duas, moram três. Não se preocupe, o apartamento é grande, e, além disso, você é uma companhia para mim e sua mãe.

— Mas fique tranquila, vou repartir as despesas do apartamento.

— Deixa isso para depois, agora é hora de matar a saudade. Logo sua mãe chega do trabalho. Ela vai ficar muito feliz.

Regina deu um abraço na sobrinha e pegou uma bagagem para ajudar Florência.

— Sua mãe não para de falar de você há uma semana.

Mafalda bateu seu cartão tão logo deu a hora. Saiu da biblioteca com um passo acelerado, queria passar na padaria para comprar gostosuras para a filha. Comprou Antwerpse handjes, um biscoito de que Florência gostava muito quando criança. Quando chegou ao edifício, uma senhora, vizinha de Mafalda, foi a seu encontro com um sorriso e disse:

— Acho que sua filha chegou, ouvi um falatório lá no apartamento de vocês.

Mafalda retribuiu a alegria, despediu-se e subiu para o apartamento. Conforme foi se aproximando, o falatório dentro do apartamento foi aumentando. Quando abriu a porta, explodiu de alegria por ver sua filha ausente de sua vida por mais de três décadas. A conversa foi regada por um bom vinho, e as três contaram suas vidas, seus amores, suas dores.

Mafalda resolveu morar com a irmã porque ela foi acusada injustamente do roubo de uma joia da casa dos pais de Alfred. O Sr. Arnoud ameaçou-a com um processo e a despediu. Mas no fundo o que ocorreu é que, sem querer, Mafalda pegou, sem querer, o homem em flagrante com uma jovem funcionária da joalheria. Agora Mafalda trabalha como atendente na pequena biblioteca de Mortsel. Uma indicação de sua irmã, que sabia da vaga. Ela fez a entrevista e foi contratada.

Agora, com a chegada de Florência, a organização do apartamento ia se transformar. Novos hábitos, novas rotinas. Mas as três estavam dispostas a enfrentar essa nova vida. Florência passou o fim de semana com a família, se inteirando dos novos hábitos, conhecendo melhor Regina e matando a saudades de sua mãe. Na segunda-feira de manhã, conheceria seu novo emprego.

Florência desceu no ponto Antuwerp St. James. O motorneiro a observou descer com uma paciência profissional. Quando desceu, sentiu o frescor da manhã, um sentimento muito distante, mas acolhedor, que remeteu à sua juventude e aos bons tempos de sua vida.

Ela tinha o nome da rua e o número do ateliê Prinsesstrat 35, próximo à Universidade de Antuérpia. Logo que desceu do bonde, perguntou para um transeunte que passava onde ficava o endereço. Ele indicou, não mais do que dois quarteirões. Ela chegou a uma casa sem jardim. Uma pequena escada dava para uma porta robusta de ferro. Tocou a campainha. Uma senhora atendeu e convidou Florência para entrar, ela aguardou na sala de recepção. Então Cristian chegou alegre.

— Bom dia, Florência, estava aguardando mesmo sua chegada, entre, venha conhecer o ateliê.

Era uma propriedade que tinha uma fachada pequena, mas o terreno era bem grande, muito comprido. Tinha um corredor central que abrigava quaro salas, duas de cada lado. Ao fundo, uma cozinha com uma grande mesa, onde os funcionários se reuniam nos intervalos, e ao fundo um quintal com uma grande pia de mármore, uma horta pequena, mas bem variada, e uma vegetação esparsa entre pequenos arbustos, com flores, muitas dracenas plantadas em grandes vasos.

— Deixe-me te mostrar onde você vai trabalhar.

Cristian se dirigiu ao corredor e abriu uma das salas, apontando para Florência o seu lugar de trabalho.

— Eu vou trabalhar aqui?

— Sim. Sei que não é muito grande, mas acredito que seja adequado para as tarefas que fará.

— Não! Achei muito bom.

— Vá se acomodando com o espaço que no final da manhã teremos uma reunião com toda a equipe de trabalho.

Florência se inteirou de seu trabalho e conheceu a equipe. Terminou seu primeiro dia um pouco inquieta com o volume de atividades desconhecidas que enfrentaria, mas o clima amistoso que encontrou lhe tranquilizou. Sentiu que teria tempo para pegar o jeito das coisas. Outra inquietação era sua dívida para com Cristian, mas ele sinalizou que poderia amortizar todos os meses com o salário. Não estipulou valor, deixando Florência à vontade para pagar quando pudesse. Mas ela se incomodava com a dívida, pagaria o quanto antes. Não queria abusar da boa vontade de Cristian.

Florência acordou para tomar café com sua mãe, mas tinha também uma outra coisa a fazer bem cedo.

— O que deu de se levantar tão cedo?

— Tenho que entregar uma peça para Cristian.
— Mas tão cedo?
— Sim, foi agendado por ele.
— Ele parece ser muito ocupado.
— Além de produzir esculturas em liga metálica, ele administra um ateliê com oito funcionários, então a agenda dele é muito cheia, ele começa cedo suas atividades.

Depois que Mafalda foi para o trabalho, Florência pegou uma sacola e saiu um pouco receosa do apartamento. Chegando à rua, ela foi impelida a seguir o fluxo de pessoas. A rua abrigava uma variedade de gente, com muitos turistas, percebeu Florência. Dirigiu-se ao ponto de ônibus quase trotando. Chegou rápido e logo pegou o ônibus. Tinha que descer em Niel Hellegat. Pediu que o motorista lhe avisasse o ponto. Quando desceu, sentiu uma brisa úmida que soprava do rio Rupel, trazendo um cheiro de algas. Neste ponto da cidade, pessoas eram mais raras na rua. A residência de Cristian é na rua Armand De Weerdtstraat, próxima à reserva natural Walenhoek. Cristian morava em uma casa sóbria, um sobrado sem luxo, mas com muito conforto. Tocou a campainha, Cristian logo atendeu. Tinha um carro e uma bicicleta na garagem, que Florência percebeu ao chegar no jardim.

— Vamos entrar, Florência.
— Não, obrigada, só vim mesmo trazer a rosa de Antuérpia. Resolvi aceitar sua proposta de fazer uma réplica.

Florência estava determinada a sair, o que deixou Cristian constrangido, sem ação, então ele resolveu abrir o portão para que ela se retirasse.

Logo Florência se inteirou do trabalho. Sua vida em Antuérpia havia melhorado. Tinha bastante trabalho, mas isso não era um problema para ela. Seu salário dava para viver bem junto com a família, mas não sobrava muito. O custo de vida em Antuérpia era muito alto, tudo era muito caro. Como ela dividia as despesas com Regina e Mafalda, dava para pagar a sua parte nas despesas domésticas. Passados três meses, Cristian marcou um encontro com Florência em sua casa, novamente no primeiro horário do dia.

— A última vez que te encontrei aqui na cozinha nesta hora já faz alguns meses. Vai novamente à casa do senhor Cristian?

Falou sua mãe, ainda de pijama.

— Vou buscar uma escultura, depois vou te explicar melhor.

— Está bem, deixe eu ir me vestir, que já estou atrasada.

Florência se dirigiu para a casa de Cristian. O dia estava chuvoso, mas quente. Desta vez chegou mais tranquila, pois não carregava uma peça de mais de 150 mil dólares. Cristian convidou-a para entrar, e desta vez ela aceitou. Além de pegar a réplica, ela tinha que acertar os detalhes do leilão.

Quando Florência chegou em casa, mostrou a peça para Regina, que gostou da escultura. Florência perguntou a sua tia se poderia deixar a Rosa de Antuérpia na estante da sala.

— Claro, minha querida, esta peça é muito linda.

Florência aguardava a chegada de sua mãe com uma certa inquietação. Mafalda entrou, foi para o quarto e se pôs mais à vontade. Chegando na sala, Florência a esperava.

— Tudo bem, mãe, como foi seu dia?

— Normal, mesma rotina. Receber leitores, pegar seus documentos, dar a chave do escaninho, como todo dia.

— Olha o que eu trouxe para cá, você reconhece?

— Sim, é a rosa que estava na estante da biblioteca da casa da família de Alfred. Foi antes de você viajar para a América do Sul.

— Você acha que ela perdeu a cor com estes anos, está muito diferente?

Florência fez a pergunta para verificar se sua mãe percebia que era uma réplica.

— Não, a pintura está bem conservada, continua bonita.

Florência alegrou-se, tendo tido a mesma impressão que Mafalda. A réplica da Rosa de Antuérpia estava ótima.

Passado um mês, no jantar, Florência convidou Mafalda e Regina para irem a um leilão.

— Em um leilão? Eu nunca fui a um leilão

— Eu também não.

Disse Regina.

— Mas por que essa de leilão agora?

Falou Mafalda.

— É surpresa, chegando lá vocês vão saber.

Cristian recebeu a peça de ouro e fez a réplica. Ele entrou em contato com um leiloeiro que conhecia para leiloar a original, ele aceitou. Depois de pouco mais de um mês, foi marcado o leilão para uma quarta-feira às 16h. Seis peças seriam leiloadas. Chegando à casa de leilão, Florência explicou para as duas que a peça que estava em casa era uma réplica e que a original era feita de ouro, três quilos de ouro, para espanto das duas.

— Acho que nós chegamos cedo demais.

— Não tem problema, mãe, logo Cristian chegará.

— Você sabe quanto tempo demora?

— Não, tia, mas veja aquele cartaz, são seis peças elencadas. A nossa é a terceira de cima para baixo, mas não sei se vão respeitar aquela ordem.

Nisso entra Cristian e logo avista as três mulheres. O salão estava agitado, as pessoas chegavam e iam rapidamente se acomodando. Florência tinha colocado as bolsas na cadeira ao lado, para Cristian. Assim que ele chegou, o leilão começou.

— Boa tarde, senhoras. Florência deve ter contado o que vamos fazer aqui.

— Vamos torcer muito, isso tenho certeza.

Disse Mafalda com um certo ar jovial.

— Se vendermos a peça, quero fazer aquela reforma que tia Regina tanto deseja, vamos deixar o apartamento lindo.

— Eu não esperava que tivesse tanta gente interessada em peças de arte antigas.

— Estas peças são muito desejadas, o mercado é internacional. Aqui tem compradores direto, mas principalmente agentes que representam grandes milionários. A maioria das peças são compradas por eles.

Explicou Cristian à Florência.

Quando foi anunciada a segunda peça para leilão, Regina perguntou a Cristian.

— Então a Rosa de Antuérpia tem um valor mínimo?

— Sim.

— E quanto é?

Perguntou rapidamente Florência.

— Foi estipulada em 150.000,00 dólares, ou seja, a peça só será arrematada no mínimo com este valor.

As três mulheres entraram no clima dos lances, assistiram a uma grande disputa de um quadro do século XVI. Cristian sempre completava com explicações sobre o funcionamento dos leilões, até que foi anunciada a "Rosa de Antuérpia".

— Prezados senhores, temos aqui e agora esta escultura de rosa em ouro maciço no pedestal.

Disse o leiloeiro apontando para a peça que estava bem iluminada em uma mesa no centro do palco. Da tribuna, ele observava as pessoas com atenção.

— Denominada Rosa de Antuérpia, esculpida e lindamente pintada pelo senhor Cristian Bubois.

O leiloeiro aponta para Cristian, que não esperava este momento. As pessoas à frente viraram para vê-lo e logo iniciaram-se os aplausos. Então Cristian levantou, agradeceu e logo sentou.

— Vamos começar o leilão. O lance mínimo é de 150 mil dólares.

Logo depois do anúncio do preço mínimo, cresceu um burburinho no salão, mas até então nenhum lance tinha sido dado.

— Me digam vocês duas, qual lugar que vocês gostariam de conhecer?

Perguntou Florência.

— Aqui em Antuérpia?

Indagou Regina.

— Não, no mundo todo.

— Eu tenho muita vontade de conhecer Marrakech, no Marrocos. Tem os palácios, lindos jardins, mesquitas e um comércio forte na parte antiga da cidade. Assisti a um documentário sobre Marraquexe e fiquei curiosa.

Comentou Regina.

— Eu tenho uma colega da biblioteca que foi para lá e gostou muito.

— A senhora gostaria de conhecer?

Perguntou Florência.

— Sim, deve ser muito bonito.

O leiloeiro então tomou a atenção de todos para dar andamento ao leilão.

— Cento e cinquenta e cinco mil, eu ouvi?

Apontando aleatoriamente para a plateia...

— Será que ninguém vai querer?

Comentou Florência com uma certa ansiedade.

— Fique tranquila, é assim mesmo. Depois que for dado o primeiro lance, a coisa esquenta.

Cristian respondeu para Florência, que não se convenceu com o argumento, continuando inquieta.

Ao fundo, à esquerda, uma fileira abaixo da que eles estavam, uma mulher levantou uma plaquinha, que logo o leiloeiro avistou.

— Cento e cinquenta e cinco mil para esta simpática senhora, quem dá mais?

— Agora já podemos vender a peça. Vamos esperar para ver se tem lances melhores.

Falou Florência com uma alegria infantil.

Cristian tinha razão, já conhecia o esquema dos leilões. Depois do primeiro lance, logo vieram outros.

— Cento e sessenta mil daquele senhor. Cento e setenta mil aqui. Quem dá mais? Quem dá mais? Cento e oitenta mil para o senhor.

O leiloeiro aguardou, mas nenhum lance foi dado.

— Ninguém mais... dou-lhe uma, dou-lhe duas, dou-lhe três, vendido para este distinto cavalheiro!

Os quatro se cumprimentaram, a peça alcançou um bom valor. Tão logo foi leiloada a última peça, Cristian chama as mulheres para o seguirem em direção ao comprador da escultura. Quando se aproxima, percebe que o comprador foi seu professor de arte na universidade, professor Müller.

— Professor! Que grata surpresa. Fico muito feliz que tenha comprado esta peça que produzi para Alfred.

— Lembro-me dele. Soube que ele faleceu.

— Sim, foi pego por um vírus muito agressivo, não teve chance.

— Retrate meus sentimentos à família.

— Certo, o farei. Esta peça fiz a pedido de Alfred para dar a Florência. Fiz uma réplica para que Florência pudesse usufruir do valor da venda com sua família.

— Entendo, sempre apreciei seus trabalhos, mas nunca tive a oportunidade de adquirir uma peça.

— E a oportunidade apareceu aqui.

Disse sorrindo.

— Exato. Este seu trabalho está primoroso. Não queria que esta obra de arte saísse daqui. Cristian, quando quiser rever a peça, pode ir me visitar. A casa sempre estará aberta para você e para as senhoras também.

Falou se dirigindo às três mulheres. Despediu-se. Na sequência, Cristian convidou as senhoras para uma champagne em um bistrô conhecido, para comemorar a venda. Já embalados pela conversa e pelo espumante, Florência fala.

— Eu vou fazer duas coisas a partir de amanhã. Contratar um decorador de ambientes. Pensei em um amigo do colégio, o Anthony. Vou pedir para ele diagnosticar a reforma e propor um ambiente otimizado para nosso uso, e bonito como nós merecemos.

Todos sorriram.

— Isso pede um brinde!

Cristian levanta a taça, e todos brindam sonoramente.

— A segunda coisa. A partir de amanhã, vou procurar um agente de viagem para escolher um pacote para Marraquexe. Você também está convidado Cristian, por minha conta.

— Agradeço esta adorável oferta, mas nesta época do ano é muito intenso o trabalho no ateliê. Fique tranquila quanto à sua ausência na empresa, você poderá compensar quando puder.

— Tão logo retorne, já vou compensando o trabalho. Tenho consciência do volume de atividades que temos neste período.

— Acho que isso pede um outro brinde!

Cristian pega a garrafa de champagne e completa todos os copos antes do brinde.

No carro, levando as mulheres para casa, Cristian pergunta a Florência.

— Você vai mesmo começar amanhã a dar andamento aos projetos que você falou, a reforma e a viagem?

— Primeiro vou tratar da transferência do dinheiro, depois procurar as agências e, por fim, falar com Anthony.

Regina começou a tamborilar nas pernas, irradiando uma felicidade por conta dos projetos.

— Acordada cedo de novo? Vai se encontrar com Cristian?
Perguntou Mafalda.

— Não, mãe, vou tratar de negócios. O dinheiro, a viagem, a reforma. Mafalda deu um beijo na testa da filha e saiu para o trabalho.

Florência foi ao banco depositar o cheque da venda da escultura. Na sequência, passou em algumas agências de viagem, conhecendo os vários planos, marítimos e aéreos. Fez tudo de manhã. À tarde, depois do almoço, ligou para Anthony.

— Boa tarde, Anthony, lembra-se de mim?

Florência aguarda um tempo para ver se ele reconhecia a voz.

— Desculpe-me.

— Não se preocupe, é a Florência. Estudamos juntos no colégio. Consegui o seu telefone com a secretaria do colégio. De certa forma acompanhei sua carreira. Há um tempo, li uma reportagem sua em um suplemento de jornal sobre decoração. Gostei de seu trabalho e o acompanho desde então pelas redes sociais.

— Me lembro de você. Sua mãe era governanta da casa de um joalheiro famoso, não é isso?

— Isso mesmo. Quanto tempo, hem! Gostaria de te fazer uma proposta de reforma e decoração do apartamento em que moro com minha mãe e minha tia. Minha mãe tem vinte dias de férias para tirar daqui a dois meses. Pensei em viajar com elas neste período, para que você possa trabalhar no apartamento.

— Preciso ver o imóvel.

— Quando você pode?

— Amanhã eu posso ir, no começo da tarde.

— Combinado, então.

Enquanto Anthony verificava minunciosamente o apartamento, Florência falou.

— Não se preocupe com dinheiro, não quero nada de luxo, mas o que precisar fazer, fazemos, com um toque de beleza, é claro.

— Posso pensar em possíveis mudanças estruturais, com a criação de novos ambientes, por exemplo?

— Pode, se for para melhorar!

— Ok, vou mandar um estagiário para aplicar um questionário, buscando informações com vocês sobre os hábitos de vocês na casa.

Nos dois meses que se sucederam até as férias de Mafalda, Anthony preparou o projeto e apresentou para as mulheres, que propuseram algumas modificações pontuais. Anthony pediu vinte dias para executar o trabalho. Então Florência encontrou um cruzeiro de 22 dias para o Oriente Médio que terminava em Marraquexe, depois retornava direto para a Suíça. Era uma novidade para as três mulheres, que nunca haviam viajado de navio. Numa noite quente, no embalo das ondas do oceano Atlântico se aproximando das ilhas canárias, tomando um drinque com Mafalda e Regina, Florência revela:

— O que me entristece um pouco é que nunca tive uma vida plena com Alfred. Nós nos amávamos, eu sei, mas tínhamos que manter as aparências... Eu aceitei isso, eu sei!

— O amor se manifesta de diversas maneiras. Alfred mostrou seu afeto por você dando-lhe uma peça de valor.

Regina acalentou a sobrinha.

— Poderemos viver melhor graças ao presente que Alfred lhe deu.

Falou Mafalda, abraçando a filha. Este momento foi importante para Florência, as ponderações de mãe e tia trouxeram a alegria de volta a ela, que de pronto levantou.

— Vou pegar um picolé para mim na sala de refeições. Tem uma geladeira de sorvete em que podemos nos servir à vontade. Eu quero um de morango com chocolate.

— Eu um de creme, só creme.

Disse Mafalda.

— O meu só de abacaxi.

Demandou a tia.

Foram dias inesquecíveis de consolidação do afeto entre elas, com muitas confidências, revelações e sonhos compartilhados.

No dia da chegada, pegaram um táxi e pediram para o motorista parar no mercadinho próximo ao edifício em que moravam. Compraram alguns mantimentos e retornaram a pé. Enquanto conversava, Florência observava as placas quadradas de cimento que formavam a calçada. Em frente ao edifício, depois de subirem os sete degraus da escadaria, pousaram as sacolas no chão em frente à grande porta de vidro da entrada do prédio, aguardando Regina encontrar a chave. Quando abriram a porta do apartamento, ficaram extasiadas com o que viram. Novos móveis, paredes pintadas, a criação de mais um cômodo, um pequeno escritório, nascido de parte da sala de estar. Depois de um certo tempo que elas observavam as mudanças, Florência gritou.

— Venham ver o solário!

O acesso a esta área agora tinha uma escada metálica retrátil para não ocupar lugar na cozinha. Para chegar a esta parte externa, bastava puxar a escada para subir. Ali, Anthony montou uma pequena horta suspensa, colocou cinco palmeiras e dois coqueiros em grandes vasos, e uma mesa com quatro cadeiras, com um guarda-sol no meio.

Quando Florência chegou em casa depois do trabalho, sua tia lhe esperava, e de pronto falou:

— O professor Müller ligou te procurando, aquele que comprou a escultura.

— Sim, eu sei quem é! Mas o que será que ele quer?

— Não falou nada, então eu disse que você já estaria em casa depois das 19h. Ele agradeceu e disse que ligaria mais tarde.

Depois do jantar, Florência separava as roupas claras e escuras, preparando duas levas de roupas para lavar à máquina, quando ouve sua tia gritando lá de dentro.

— Telefone para você! É o professor Müller.

— Espera um pouco, vou atender no quarto.

— Alô, Senhor Müller, tudo bem com o senhor? Quanto tempo!

— Bastante tempo. — E com uma objetividade clara, ele continuou: — Liguei porque eu gostaria de convidá-la para um café da tarde. Estou um pouco solitário, então lembrei da senhora e da Rosa de Antuérpia, quis conversar sobre ela, conhecer melhor sua história.

— A história da rosa?

— E de tantas outras que vierem.

Houve uma pausa na conversa, então Florência se adiantou.

— Vamos marcar, sim. O senhor define o local e horário no período da noite, quando eu posso.

— Que bom! Você tem uma caneta?

— Vou pegar professor... pode falar.

Florência anota com atenção. Depois que escreveu, leu para conferir se estava tudo certo.

— No Grote Markt, no bar e restaurante Du Nord, a que horas professor?

— Às 20h está bem para você?

— Perfeito!

Florência começou a sair frequentemente com o professor Muller. Dois anos se passaram, então Florência convidou Cristian para um café no Du Nord, conversando, num dado momento, Florência revela que quer vender a Rosa de Antuérpia.

— Estou confuso, deixe-me ver se entendi. O dono da rosa é o professor Müller. Mas é você que quer vender a escultura dele. Ele passou para você vender a peça, é isso?

— Não, foi um presente mesmo. Ele me disse que eu poderia fazer o que eu quisesse com a peça, inclusive vendê-la.

— Por que ele te presenteou? Desculpe minha impertinência.

— Você não foi impertinente, tem o direito de saber.

Florência então conta a história de um relacionamento de dois anos com o professor Müller que, já com uma certa idade, contraiu uma pneumonia e veio a falecer.

— Você acha perverso o que estou fazendo?

— Não acho perverso. Não foi você que procurou o professor Müller... É o destino, sei lá. Acho que Alfred não se importaria, acredito que ele ficaria até feliz, e o senhor Muller também. Florência abraçou Cristian.

— Você sempre me confortando, Cristian. Mas eu tenho uma preocupação. Se colocar a Rosa de Antuérpia no leilão, a peça pode ir embora, sair daqui.

— Ela pode ir ou não. Isso nós não controlamos, nunca se sabe. A peça poderia ter ido embora no primeiro leilão, não foi. Vamos ver agora.

Cristian terminou de falar e esboçou um sorriso, que, depois de alguns instantes, foi devolvido por Florência.

FIM

EPÍLOGO

No projeto da cooperativa de escritores rezava, ao final dos trabalhos, uma reunião com o editor e o "casal" de escritores. Era o momento de todos se conhecerem e as últimas instruções serem dadas, isso para todos os trabalhos, em todos os continentes, de forma padronizada. Por um capricho da coordenação do projeto, este encontro seria um jantar em um restaurante alemão.

O editor, na primeira sexta-feira depois de findo o trimestre de trabalho dos escritores, no meio da tarde, enviou um e-mail para Virgínia e Bruno.

> Prezados Virgínia e Bruno. Aguardei o envio dos originais do livro para escrever este e-mail. Estou repassando o material para que vocês conheçam o trabalho um do outro e também quero convidá-los para um jantar, com o objetivo de nos conhecermos, mas também para estabelecer algumas diretrizes, visando à divulgação de seus trabalhos. Abaixo está o endereço do restaurante. Espero vocês no domingo próximo às 20h.
> Parabéns pelo trabalho, que foi entregue no tempo determinado.
> Atenciosamente,
> Editor.

O restaurante escolhido pelo editor não poderia ser mais típico. Na entrada do restaurante, existe um balcão que comercializa produtos alemães. Chucrutes, salsichas e tantos outros embutidos típicos, queijos, vinhos, doces em compotas. As mesas eram de madeira maciça, pesadas, com cadeiras também pesadas. A decoração tinha um ar bucólico, como uma estalagem em uma zona rural nos rincões da Alemanha. Os garçons e garçonetes vestiam uniformes típicos e estavam em bom número.

Bruno encontrou o restaurante e reconheceu o estabelecimento. Já havia passado em frente, mas jamais pensara em entrar. Um restaurante muito caro, de alto padrão. Na entrada se entreteve um pouco com os produtos à venda no grande balcão, que "obrigava" os clientes a passarem na frente, pois era a única passagem. O salão era bem grande. Como havia sido acordado pela comunicação via e-mail, Bruno colocou uma gravata amarela para facilitar seu reconhecimento pelo editor, que desde as 19h45 voltou sua atenção à porta de entrada. Virgínia viria vestida com um jeans de cano curto azul-claro, com uma jaqueta de couro azul-escura. Bruno parou no pequeno saguão de entrada, como um oficial de ponte de um navio, correndo os olhos por todas as mesas, até que avistou um homem acenando em sua direção e resolveu se aproximar. Era o editor! Eles se cumprimentaram e iniciaram um diálogo em que o editor dividia sua atenção com Bruno e a porta de entrada.

— Desculpe, Bruno, mas não posso perder de vista a chegada de Virgínia. Se ela entrar e eu não a vir, ficará mais difícil de encontrá-la.

— Ela vai estar vestida com um jeans azul-claro, é isso?

— Sim, e uma jaqueta azul-escura.

Bruno voltou-se para a porta para auxiliar o editor. Os dois travaram uma conversa curta, por conta da atenção que dispensavam para localizar Virgínia.

— Ela chegou!

Falou Bruno, com um entusiasmo juvenil.

— Sim, é ela!

Ratificou o editor, acenando para Virgínia, que logo o viu e se dirigiu à mesa.

— Boa noite, Virgínia, prazer em conhecê-la, sou o editor e este é o Bruno, seu parceiro no livro.

Neste ínterim chegou uma garçonete para marcar o pedido. Todos pediram chopp e também uma porção de salsicha defumada.

— Em primeiro lugar, nós estamos aqui para comemorar. Vocês conseguiram entregar o material nos noventa dias. O livro foi aprovado mediante algumas correções do revisor.

— Poderemos verificar as correções antes de ser publicado?

— É claro, Virgínia. As correções deverão ter a anuência de vocês. Uma observação do revisor, que apareceu nos dois textos, diz respeito ao tamanho dos capítulos, alguns pequenos. Mas isso foi recorrente. Outros escritores, de outros continentes, fizeram a mesma coisa. Como vocês tiveram a liberdade de escrever da forma que quisessem, as narrativas se assemelharam a um diário, daí os textos curtos.

— Isso me incomodou em alguns momentos. Em muitos capítulos, depois de ter definido como concluídos, retornei a eles para acrescentar alguns parágrafos.

— Fiz a mesma coisa, Bruno, mas também valorizei os temas de fechamento rápido, por não ver sentido em continuar.

— Mas um objetivo importante foi atingido, que foi esta mescla entre ficção e crônica, algo sinalizado na montagem do projeto.

— Qual o título do projeto mesmo?

Perguntou Bruno, já com uma certa intimidade com o editor.

— "O Trimestre: o estado da arte da literatura no mundo".

— Em outros trabalhos, apareceram essas características também?

— Em praticamente todos, Virgínia, alguns de forma mais acentuada.

— Isso dará um colorido interessante na obra como um todo.

Completou Bruno.

— Mas, mesmo com as diferenças culturais entre os países dos escritores, a sociedade global em que vivemos imprime muitos comportamentos padronizados, principalmente no cotidiano dos grandes centros. Mais de 80% dos escritores selecionados vivem em cidades com mais de 1 milhão de habitantes. Esses padrões aparecem nas narrativas dos escritores e apresentam muitos denominadores em comum.

— Um jogo dialético entre as características locais e globais.

— Bem isso, Virgínia.

— Deixa eu perguntar! Onde vai ser a publicação do livro com todos os textos.

Interrompeu Bruno, mudando o rumo da conversa.

— O lançamento será mundial, em todos os países selecionados. O projeto fez parcerias com editoras, que serão responsáveis pela publicação, divulgação e comercialização. A coleção será lançada em todos os países, e os escritores farão uma divulgação internacional, com leitura de partes da obra e uma sessão de autógrafos. Os autores lerão comentários e responderão eventuais perguntas. Os detalhes serão dados no momento mais oportuno.

— Em todos os países que participaram do projeto?

— Aqueles de mesma língua do autor. Eventualmente poderemos divulgar em outro país, com tradução simultânea, dependerá de uma avaliação mais minuciosa. Entregaremos para vocês um cronograma dos eventos de que participarão.

— As viagens serão pagas? Quanto tempo ficaremos fora?

— Sim, o projeto prevê o pagamento de passagem, hotel e diárias de dois a quatro dias em função da logística do deslocamento, disponibilização de voos, necessidade de deslocamento por terra etc.

— Eu terei dificuldade de viajar por conta de meu trabalho, não sei se conseguirei dispensa.

Ponderou Bruno, de forma grave.

— Você não é obrigado a ir, mas é importante para a divulgação da coleção de livros. Também a divulgação de seu trabalho como escritor. Participando, certamente você terá mais visibilidade internacional perante leitores e editores.

— Eu estou à disposição para as viagens de divulgação. Não é todo dia que temos uma oportunidade como essa. No meu trabalho, buscarei uma solução.

O editor continuou ouvindo Virgínia, mas observando o movimento dos garçons, com uma mão levantada, para sinalizar um pedido, até que um percebeu e veio em direção à mesa.

— Mais uma rodada de chopp.

Falou, olhando para os dois, que anuíram.

— Traga também *steinhaeger* e sirva para nós, da forma tradicional.

O garçom assentiu com a cabeça, dando um leve sorriso. Na sequência, o editor pediu licença e foi ao toilette, por conta da característica diurética da cerveja, mas também como estratégia para que Virgínia convencesse Bruno a participar da divulgação. A estratégia deu certo.

— Bruno, eu sei da importância de se manter um emprego hoje, não sei o quão intransigente é seu chefe para liberá-lo, mas uma oportunidade como essa não aparece todo dia. Você não gostaria de consolidar sua carreira como escritor?

Bruno balançou a cabeça cabisbaixo, em sinal positivo.

— Em certos momentos da vida, temos que ter coragem de romper as amarras e partir para outros caminhos.

— O editor está chegando.

Falou Bruno, como um colegial que vigia a chegada do professor na sala de aula, avisando a todos para sentarem.

— Não perca esta chance, Bruno!

Falou Virgínia rapidamente.

Junto com o editor, chegou o garçom com o *steinhaeger* e o chopp.

— Agora vocês vão tomar o *steinhaeger* da forma tradicional.

O garçom começou com o editor. Pegou o copinho com o destilado e jogou dentro da caneca de chopp. Virgínia riu e foi a segunda a ser servida. Com todos servidos, o editor propôs um brinde.

— Até o momento, todas as etapas do projeto foram cumpridas a contento, agora temos um grande desafio pela frente, que é divulgar o trabalho, remunerar os autores e contribuir para a consolidação de suas carreiras. Como vocês sabem, todos os livros serão versados para o inglês, o que torna o mercado da coleção internacional, um público de leitores mundiais, o que poderá trazer uma boa remuneração para vocês. Mas, como eu disse, isso dependerá de uma boa divulgação dos trabalhos. Neste sentido, os eventos internacionais para o lançamento do livro são fundamentais.

O editor termina sua fala com um olhar decisivo para Bruno, que na sequência falou:

— Pode contar comigo na divulgação.

Virgínia abriu um sorriso alegre e não se conteve. Pegou a mão de Bruno e deu alguns tapinhas de incentivo.

— Uma decisão acertada, Bruno. Eu gostei de seu trabalho… e do seu também, Virgínia. Com uma boa divulgação, esta obra cairá no gosto dos leitores.

O editor então mudou o tom da conversa.

— Interessante a história dos arquivos que foram hackeados.

Falou o editor, olhando para os olhos de Virgínia, com uma atenção objetiva, esperando a resposta. Virgínia olha para Bruno, que responde com os olhos de "fiquei ligado, fica tranquila, estou atento e preparado", com um sorriso tranquilizador.

— É uma ficção! Eu informo em nota no final do capítulo. Falou Virgínia com um verbo certeiro e claro.

— Certamente foi uma jogada boa para chamar a atenção dos leitores, que ficam em dúvida se tem verdade naquela narrativa. Cria uma tensão, e isso colore a obra.

Falou o editor com uma ponta de cinismo crítico, pois, caso fosse verdade que houve invasão de seus arquivos, isso seria um crime. Virgínia formatou um sorriso, enquanto pensava em uma boa resposta, então tranquila falou.

— Houve mesmo a intenção da construção de uma ênfase, de uma cena dramática. Mas como eu disse, é ficção.

O editor anuiu lentamente, então Bruno quebrou a tensão.

— A proposta de divulgação é muito generosa, dando a oportunidade para, além de divulgar este trabalho e alavancar nossa carreira, colocar nosso nome de escritores em pauta, uma pauta internacional. Muito bom!

O editor deu um sorriso tranquilizador. Os três brindaram novamente. Na sequência, Virgínia perguntou:

— Existe a possibilidade de ocorrerem outros projetos?

— Vai depender da performance desta coleção. O objetivo deste projeto é divulgar o que se produz de literatura hoje no mundo, uma amostra, é claro, mas também o projeto visa alavancar a carreira dos escritores. Foram dedicadas algumas páginas de argumentos no projeto que mostram a importância do estímulo de uma atividade que se encontra em crise de identidade. Hoje, qualquer um pode ser um escritor. Até a inteligência artificial produz narrativas. A iniciativa do projeto é localizar os talentos e estimular seus trabalhos. Daí a preocupação de construir visibilidade para vocês.

O editor propositalmente inflou o ego dos dois, embora acreditasse em seus talentos. Continuou:

— Estamos dando a oportunidade de mostrarem seu trabalho. Uma grande soma de recursos está sendo direcionada para isso.

Com a decisão de Bruno de participar dos eventos internacionais, a tensão se desfez, e a conversa carreou para amenidades. Pediram uma última rodada de chopp, mas desta vez sem *steinhaeger*.

Passados alguns dias, foi entregue para os dois escritores uma agenda de viagens. A primeira para Frankfurt, depois para todos os países lusófonos, com eventos organizados por editoras locais, parceiras do projeto. No Brasil, foram organizados quatro eventos. Em São Paulo, Rio de Janeiro, Salvador e Recife.

FIM

FONTE Bodoni Moda, Book Antiqua, Neue Haas Haas Grotesk
PAPEL Pólen Natural 80 g/m²
IMPRESSÃO Paym